DIE YACHT

Anna Katharina Fröhlich

Eine Sommernovelle

FRIEDENAUER PRESSE

Das Leben ist ein Paradies, in dem wir alle sind, aber wir wollen es nicht wissen, sonst wäre schon morgen die ganze Erde ein Paradies.

Dostojewski, *Die Brüder Karamasow*

— Pension Oriental

Martha liebte die Stadt N. mit ihren Palästen und ihren hinter Mauern verborgenen Gärten. Sie liebte sie an den frühen Morgen, wenn der Tau noch auf den vergoldeten Turbanen der zwei Mohrenköpfe lag, die als Fassadenschmuck über der Tür des Kurzwarenladens Calcina angebracht waren, wo etwas später die Sonne eine Welt aus Filamenten, Häkelgabeln, Maßbändern, Nadelkissen, Bordüren und Knöpfen wärmte, die in abgegriffenen Schachteln und Kartons auf den Tag zu warten schienen, an dem sie, mitsamt ihrer Besitzerin, verschwinden müssten.

Wer hier eintrat, dem öffnete sich eine Schatzkammer, dem leuchteten die an der Schmalseite der aufeinander gestapelten Schachteln haftenden, als Muster dienenden Knöpfe als Saphire und Rubine entgegen, der betrachtete sie mit demselben Ernst wie Ermina, für die sie, mochten sie aus Perlmutt oder Plastik sein, den gleichen Wert besaßen. Kein einziger Knopf ging ihr verloren, keinen einzigen gab sie kostenlos weg, mochte er auch nicht größer als eine Fliege sein.

Dieses Geschäft, das an ein mit Kurzwaren gefülltes Zwischendeck eines alten Handelsschiffs erinnerte, war ganz vom Geist seiner Besitzerin erfüllt. Das stille Hohelied der Sparsamkeit klang dem Kunden zwischen den feuchten Wänden entgegen. Ermina saß inmitten ihrer Schachteln und Kästen wie Robinson Crusoe auf seinem Felseneiland, mit knapper Not ihre Habe vor dem Zugriff der Immobilienmakler rettend, die schon lange eine Smoothie Bar oder ein Starbucks aus den Trümmern dieses Ladens entstehen sahen.

Immer, wenn Martha das Geschäft betrat, hatte sie das Gefühl, in eine Welt einzudringen, die für Erminas Kunden von fast geistiger Bedeutung war, eine Welt, in der die Bordüren, Bänder und Knöpfe mehr darstellten als lediglich Waren: Sie bildeten Samenkörner für die Phantasie, Keime und Sporen, aus denen Tischdecken und Topflappen, Blusen und Bettjacken erwuchsen.

Vor allem liebte Martha diese Stadt an den Samstagmorgen, wenn die Akademie der Schönen Künste, wo sie für die Sommermonate Juni, Juli und August einen Malkurs belegt hatte, geschlossen und im ehemaligen Prostituiertenviertel Sant'Antonio Markttag war. Unter den sonnengebleichten Zeltplanen, ertönte dann ein zucchine fresche! fave fresche! oder verkündete eine Gladiatorenstimme pollo fritto! pollo fritto! Ein hagerer Mann mit spitz zulaufender Nase und Vipernausdruck in den kleinen Augen pries mit krächzender, leicht gekränkter Stimme Kirschen an. Forza!, schrie er in das Kreuzfeuer der heiseren und harten Händlerrufe, forza! Ciliege dolci, ciliege grandi! Wie an einer Börse erklangen aus allen Ecken und Enden Zahlen. Manche Stimmen waren Stimmen von Raben und Krähen. Die Händler wussten, dass sie das Gehör der Kunden überwältigen mussten, wenn sie ihre Ware vor zwölf Uhr loswerden wollten. Ihre Ausrufe verhallten als magische Donner, welche die Schritte der Einkäufer vor ihren Ständen festbannten, vor allem die Schritte der reichen Italienerinnen mit ihren Tod's und ihren Gucci-Taschen, die zwischen großgewachsenen Äthiopierinnen, ihre Waren ausschreienden Sufi-Nachfahren, zwischen schwarzen Frauen in langen Boubous, prophetenhaft auftretenden Sikhs,

Kebab zubereitenden Marokkanern und Regenschirm verkaufenden Chinesen vierhundert Gramm Culatello oder ein Stück Parmesankäse kauften. Eingelegte Sardinen, Lakritzstangen, Käsereiben, Handsicheln, Töpfe und Berge von Slips lockten die Blicke. In die Rufe der Händler mischten sich Taubengurren und Hundegebell. Eine Unterwäscheverkäuferin in mit Goldschmetterlingen geschmückten Sandalen fächerte sich mit einer Zeitung etwas Luft zu. Unter dem Fuß eines alten Mannes zerbarst ein Fischkopf. Der gelbe Rocksaum einer Sintifrau schleifte durch die am Boden liegenden Artischockenblätter und zertretenen Erdbeeren. Hier witterte eine Frau wie sie eine Freiheit, die ihr beim Onlineshoppen verwehrt war. Überhaupt machte sich an Markttagen durch Schreie, heftige Gesten, unwirsche Blicke und lautes Gelächter eine uralte Wildheit im Menschen Luft. Martha sah einmal eine monumentale Russin in zerrissenen Jeans, die mit der Stimme eines Stammeshäuptlings auf einen schmalen Mann einbrüllte, der kraftlos zwischen ihren Händen hing.

Samstagmorgens war das Viertel von Sant'Antonio ein Suk, ein Bazar, eine moderne Karawanserei, ein europäisierter Teil des Orients, wenn das Viertel Menschen aus allen Weltteilen anzog. Vom Gang der Geschichte hierherkaramboliert, entfalteten sie zwischen den alten Stadtmauern ein Leben, das es in Sant'Antonio bereits gegeben hatte, als das Viertel noch nicht nach einem Heiligen, sondern vielleicht nach Merkur benannt gewesen war.

Wenn an den Markttagen die Tauben unter die Schirme der Stände flatterten, die Spatzen sich auf den Brunnenrändern niederließen und ihre Schnäbel ins kühle Wasser tauchten, der Gestank von Fisch in Kaffeebrisen wehte, die Messerschärfer, Strumpfverkäufer oder Handtaschenvertreiber ihre Waren und Dienste anboten, lebten an den Holztischen der Bar Tre Stelle die letzten zwei Jahrzehnte des vergangenen Jahrhunderts fort. Ins Tre Stelle kehrten die ehemaligen Handwerker der Stadt ein, die Maler, Schreiner und Buchbinder, aber auch die Versager, die niemals zu Ruhm gelangten Sänger und Dichter. Als ergrautes Glück von gestern verkörperten die bärtigen und schnurrbärtigen Kunden mit ihrer ganzen Erscheinung ein Italien, das sich außerhalb ihrer Stammbar nur noch in den Filmen von Adriano Celentano fand. Gemeinsam mit den Besitzern der Tre Stelle, ein etwas triefäugiges Ehepaar, waren sie allesamt Anhänger eines Radiosenders, der nur Schlager sendete, die so alt waren wie sie und den kargen Raum mit den Sehnsüchten ihrer Jugend erfüllten.

Während der Wochentage besuchte Martha jeden Morgen den Kurs in der Akademie, nachmittags durchlief sie kreuz und quer die Altstadt, spazierte über die Piazza Duomo in die Via Sant'Eufemia, bog in die Via Gesú ein oder setzte sich ins Café auf dem Corso.

Mit einem Block und einem Bleistift unterwegs, zeichnete sie auf ihren Spaziergängen Spolien, Kirchenfenster oder Turmspitzen ab, hielt immer wieder Eindrücke auf dem Papier fest. Vor allem war sie auf der Suche nach Gesichtern. Wie eine Raubkatze schlich sich Martha an die Gestalten heran, die ihre Aufmerksamkeit erregten. Einmal folgte sie einer

Blinden mit langem, schwarzem Haar, die mit einem Schäferhund in eine Trattoria trat, sich an einen Tisch setzte, den Kellner heranrief, um die Speisekarte bat und zu ihm sagte: »Leih mir deine Augen.« Ein anderes Mal ging sie einem Mann nach, der so große und runde Augen hatte, als wollte ihr Besitzer das Dunkel durchleuchten, von dem er sich vielleicht umgeben fühlte. Die meisten Menschen aber, die an ihr vorbeitrieben, vor allem die gleichgültig wirkenden jungen Männer in ihren engen Hosen, den etwas zu schmalen Jacketts von Doppelgänger, den gepflegten Bärten und strahlend sauberen Sneakers, setzten keine Gefühle in ihr frei. Martha war nach etwas anderem auf der Suche.

Bruce Chatwin begab sich auf Reisen, um Menschen aufzusuchen, die in seinen Augen einen besonderen Platz einnahmen, Nadeshda Mandelstam etwa oder Konstantin Melnikow, Menschen, von denen Proust behauptet hätte, sie bildeten das Salz der Erde, Menschen, die in Platons Staat als Gefahr gelten, als Bedrohung der Ordnung, Menschen, die Platon »Künstler« nannte, und die er fürchtete, da er wusste, dass die Kräfte der Einbildung einem verwandelnden oder zerstörerischen Feuer gleichen.

Was Martha betraf, so suchte sie nach Wesen, die Ähnlichkeit mit ihrem Großvater besaßen, dessen Bild sie nach seinem Tod wie einen Heiligenschrein in sich trug, der vor Vulgarität und Bosheit geschützt werden musste. Sie hegte dieses Bild wie einen Schatz, aus dem sie hervorgegangen war, weil sie aus den Landschaften, Büchern und Bildern gemacht war, die er geliebt und ihr gezeigt hatte. Es war seine Liebe zu

Italien, die sie dazu getrieben hatte, in N. einen Malkurs zu belegen.

Der alte Mr Oberon, der seine Enkelin als einzige Erbin eingesetzt hatte, war ein hagerer, großgewachsener Mann gewesen. Aus dem Grün seiner Augen, die eine ihm im Herzen liegende Ruhe und Kraft widerspiegelten, stachen melasseschwarze Pupillen. Etwas Weitgereistes, irgendwie Hafenhaftes ging von ihm aus. Nach einer Laufbahn als Arzt in London hatte er sich im Alter in der Nähe von Oxford in ein kleines Landhaus zurückgezogen. Hier hatte Martha viele Ferientage ihrer Kindheit verbracht. In den niedrigen Räumen, die für das kleine Mädchen allein schon durch das von Efeu gefilterte Licht einen phantastischen Reiz besaßen, herrschte eine besondere, etwas dünne Luft, die, wie ein tief im Norden gelegenes Schmetterlingshaus seine tropischen Exemplare, den Großvater bis ins hohe Alter konserviert hatte.

Selbst ein gewandter Zeichner, hielt Mr Oberon seine Enkelin seit ihrem siebten Lebensjahr zum Zeichnen an. Über Jahre hinweg nahm er sich, immer wenn Martha an Wochenenden oder in den Ferien bei ihm zu Besuch war, die Zeit, stundenlang neben ihr zu sitzen und ihr die Grundlagen des Zeichnens beizubringen. Wie er als Arzt gewissenhaft und geduldig gewesen war, so lehrte er seine Enkelin mit Gewissenhaftigkeit und Geduld diese konzentrierte Tätigkeit.

Mr Oberon hielt sich fest an das naturgetreue Kopieren. »Man muss die Augen lehren, die Natur zu betrachten, und wie viele haben sie nie gesehen und werden sie niemals sehen! Das ist die Tragödie unseres Lebens«, war ein Ausspruch des Malers Chardin, den er häufig zitierte. Die Behauptung, man müsse das Auge lehren, die Natur zu betrachten, lief nach seiner Ansicht nie Gefahr, zu veralten, da die Natur an sich nie Gefahr lief, alt zu werden. Von Phantasie hielt er nicht viel. »Sie erschöpft sich schneller, als man glaubt. »Eigentlich«, behauptete er, »bewegt sie sich ständig am Abgrund der Monotonie. Ein Künstler soll seinen Stoff aus der Wirklichkeit nehmen, nah an der Erscheinung bleiben! Es ist die äußere Welt, nicht die Phantasie, die ihn vor die wirklichen künstlerischen Hürden stellt.«

Im Garten ihres Großvaters wurde Martha zu einer Bilderjägerin. Statt mit einem Bogen mit einem scharf gespitzten Bleistift ausgestattet, streifte sie an der Seite des alten Mannes durch das kleine Grundstück, wo sie Schneckenhäuser, Blätter oder Steine sammelten. »Wenn man einen Stein korrekt zeichnen kann, bleibt einem kein Bereich der Kunst mehr verschlossen«, war einer der vielen Aussprüche von John Ruskin, dessen Grundlagen Mr. Oberon in- und auswendig kannte, »aber man muss wie der Teufel aufpassen, auf dem schmalen Pfad, den größtmögliche Wahrhaftigkeit von kalter Detailtreue trennt, das Gleichgewicht zu halten!«

Marthas erste Zeichnungen waren Kopien der Beutestücke aus dem Garten. Hier blühte im Frühling die Iris, von der Mr Oberon erzählte, dass ihr Blatt seit der Antike für ein kampfbereites Schwert, ihre Blüte für ein reines Herz stand. Auch Martha fühlte sich von dem starken, ins Schwarz übergehenden Lila der Knospen angezogen, die hinter einer reispapierdünnen Hülle heranreiften, um sie jeden Augenblick mit ihren löwenmaulartigen Zungen zu durchbrechen. Von ihren Frühlingsspaziergängen, während denen ihr Großvater Marthas Aufmerksamkeit auf alle möglichen Schattenabtönungen richtete, kehrten sie oft mit einem Strauß Iris zurück und setzten sich an Mr Oberons neben dem Fenster stehenden Tisch in seinem Arbeitszimmer, um jedes Riff, jede Ader, jeden Blütenstempel und jede Tigerlinie der Blume abzubilden.

Auf diesen Gängen durch den Garten lernte Martha das scharfe Hinsehen, das für ihren Lehrer größere Wichtigkeit als das Zeichnen selbst besaß, da es in seinen Augen vor allem ein Mittel war, die Natur zu sehen, die Menschen und Gegenstände zu sehen. »Schau hin! Schau genau hin!«, forderte er sie immer wieder auf, »hinsehen ist besser als denken, weil sehen auch erschaffen bedeutet. Unser Körper denkt für uns! Ich bin davon überzeugt, dass es keine anderen Wahrheiten als ein in einem bestimmten Licht wahrgenommener Apfel oder der Anblick einer in der Sonne liegenden Katze gibt. Wahrheit liegt nur im Augenblick der Betrachtung.«

Durch seinen Blick hindurch schärfte Martha ihre eigenen Augen. Das Zeichnen konnte für ihn nicht sorgfältig genug sein. »Benutze den Bleistift, als müsstest du den Flaum eines Schmetterlingsflügels zeichnen«, war ein anderer Ausspruch von John Ruskin, den er zitierte, wenn er ihr zeigte, wie sie mit absoluter Präzision zu schattieren, mit einem weichen Bleistift Umrisse zu ziehen hatte. Martha lernte den faszinierenden Unterschied zwischen dem Sehen und dem Sehen während des Zeichnens kennen. Mit der

Zeit gewann sie den Eindruck, dass sie alles, was sie nicht zeichnete, nicht wirklich kennenlernte. Durch das Abzeichnen wurde ihr bewusst, dass sich eine Blume beim exakten Kopieren vollkommen veränderte, dass sie ein Gesicht erhielt, das ihr vorher entgangen war. Mit jeder neuen Studie erfuhr sie etwas mehr über dieses Blumengesicht. Einmal in den Blick geraten und ins Bewusstsein gesickert, erlebte die Blume eine Verwandlung. Die Botanik spricht den Pflanzen Augen zu, doch beim Abzeichnen der Iris hatte Martha den Eindruck, dass diese Blume ein Maul besaß, ein weit aufgerissenes Maul mit langer, stachelbewehrter Zunge.

Begierig hörte sie ihrem Großvater zu, wenn er in seinem Arbeitszimmer, wo unter anderem der kleine Gipsabguss einer Artemis stand, erklärte, nie die Hand frei agieren zu lassen, sie immer völlig unter Kontrolle zu halten. Sein pädagogisches Feuer wiederum wurde von ihrem ernsten, vom Lernen eingenommenen Wesen angespornt. Er maß ihre Fortschritte am Grad der Begeisterung, die sie vor den Bildern zeigte, wenn er mit ihr durch die National Gallery ging oder ihr zu Hause Zeichnungen von Rembrandt, Dürer oder Ingres vorlegte. Ihn begeisterte, dass sie jede Mühe auf sich nahm, um das Handwerk des Zeichnens zu erlernen. »Arbeite langsam!«, mahnte er. »Sei geduldig! Etwas Schönes fertigzustellen erfordert Zeit. Wie Ruskin sagte: »Nichts wird die Natur dir zeigen, wenn du dich als ihr Meister aufspielst«, wiederholte er, immer wieder auf rigorose Präzision pochend. Ihre beharrliche Gewissenhaftigkeit führte sie zu schnellen, kleinen Erfolgen. Das Zeichnen wuchs bei ihr zu einer

Leidenschaft heran und wurde zur täglichen Übung. In ihrer rechten Hand erkannte sie ein Instrument, das sich Tag für Tag verfeinern ließ.

In der schwierigen Zeit der späten Kindheit, in jener Zeit des Larventums, in der man sich voller Unsicherheiten und Sehnsüchte aus dem Kindsein hinauswindet, suchte Martha immer wieder Halt und Rat bei ihrem Großvater.

Nach ihrem Abitur hatte Mr Oberon seine Enkelin und ihre Mutter zu einer Reise nach Italien eingeladen. Sie waren nach Venedig, Florenz, Rom und Neapel gefahren. Auf dieser Reise hatte sich die Liebe ihres Großvaters für die Maler der italienischen Renaissance und zur italienischen Sprache auch auf Martha übertragen. Diese Erfahrung hatte den Ausschlag für sie gegeben, Kunstgeschichte zu studieren.

Doch auf dieser Reise hatte sich Martha auch zum ersten Mal gefragt, wie ihr Großvater, der die Seele eines Romantikers in sich trug, eine so talentlose und konventionelle Tochter haben konnte wie ihre Mutter, eine Frau, die in Marthas Augen nicht lebte, sondern dem Leben wie einer bürgerlichen Pflicht nachkam.

Martha besaß eine bunt bemalte Kutsche aus Pappmaché, mit gedrechselten Speichen, mit Samtpapier für die Innenverkleidung und mit einem von blutrotem Federschmuck gekrönten Pferd, die ihr Großvater, als sie noch klein war, einmal aus Sizilien mitgebracht hatte. Es war ein Einspänner, von einem Paar in sizilianischer Tracht gelenkt, der Marthas Phantasie hinter sich hergezogen hatte, aus der Wohnung ihrer Mutter hinaus in das ferne Italien. Oft dachte sie, dass sie dieser kleinen Kutsche immer noch folgte, wenn es darum ging, die abenteuerlichen Wege des Traumes einzuschlagen.

Für die drei Sommermonate in N. hatte sie sich in der Pension Oriental eingemietet, einer billigen, in einem alten Palast am Rand der Altstadt liegenden Absteige.

Das Gebäude befand sich im Zustand des Verfalls. Rings um die steinernen Balkonbrüstungen, unter die Fenstersimse und Dachfriese waren grüne Nylonnetze gespannt, um sich eventuell aus dem Gemäuer lösende Mörtelbrocken oder Bruchstücke architektonischen Zierrats aufzufangen. Bei dem Anblick dieser Netze wusste Martha, dass die Existenz der Pension gleichsam an einem der Spinnenfäden hing, die sich in den Ecken des Treppenhauses gebildet hatten. Schon im folgenden Sommer würde sie das Oriental wahrscheinlich nicht mehr vorfinden.

Als Martha zum ersten Mal in den Innenhof des Palastes trat, folgte ihr von der Straße ein heißer Windzug durch das hohe Tor und fuhr in die zum Trocknen aufgehängten Bettlaken. Hier herrschten Luft und Licht eines Brunnenschachts. Zwischen Schutt, zerbrochen herumliegenden Stühlen und zersprungenen, im Hof verstreuten Fensterscheiben, bahnte sich eine magere Katze ihren Weg. Die basaltschwarzen, im Lauf der Zeit zu elefantenhautgrau verblassten Steinquader des Bodens glühten unter Marthas Schuhsohlen. Sie stellte sich vor, wie vor zweihundert Jahren über diese Quader Kutschen und Karren gerollt, livrierte Diener hin- und hergeeilt, Serge- und Seidensäume gerauscht, die Schweißtropfen einer Kurtisane und die Nadeln eines Schneiders in ihre Fugen gefallen waren.

Den von der Mittagshitze umfluteten Palast hatte irgendwann einmal ein Fürst bewohnt. Jetzt saß in der Pförtnerloge neben dem Eingangstor ein alter Herr mit einzelnen, weißen Haarsträhnen auf dem Schädel. Es war klar, dass er hier nicht mehr viel zu tun hatte, doch musste ihm die Loge neben dem Torbogen zu einem friedlichen Zufluchtsort, zu einem zweiten Zuhause geworden sein. Aus dem Zwielicht seiner verrotteten Behausung blickte er durch eine blinde Scheibe in den Hof hinaus, der in dem Augenblick, da Martha an seiner Loge vorbeiging, von einem kleinwüchsigen Inder in safrangelben Bermudas überquert wurde.

Die Pension selbst lag in einer großen, finsteren Wohnung im ersten Stockwerk. Das ehemalige Wohnzimmer diente als Rezeption, wo Martha am Morgen ihrer Ankunft in N. eine alte Dame vorfand, die tief eingesunken in einem durchgesessenen Ohrensessel vor einem laufenden Fernsehapparat saß. Es war, als habe sie sich dort vor langer Zeit festgesessen, ihr zweites Domizil in dem Sessel gefunden, ähnlich wie der Portier im Hof, der in seiner Loge einem Amt nachging, das wohl kaum mehr gefragt war.

Auf Marthas Gruß hob die Dame nur müde die kleine, faltige Hand, und mit den Worten, dass sie nichts für sie tun könne, solange ihre Tochter nicht eintreffe, wies sie ihr einen Stuhl. »Pazienza«, sagte sie noch, als wäre nicht auszuschließen, dass die Tochter auch erst am nächsten Tag oder überhaupt nicht mehr erschiene.

Nicht weit von dem alten Hausdrachen ließ sich die junge Frau auf einem Stuhl nieder und betrachtete den düsteren Raum, wo ein niedriger Tisch mit nikotingelber Spitzentischdecke, ein Plüschsofa und breite Plüschsessel standen, in denen mehrere Puppen in langen Spitzenkleidern und großen Sommerhüten saßen.

Aus einer Messingamphore streckten sich riesige, von Staub überzogene Stoffanemonen in das von einzelnen Sonnenstrahlen durchsäbelte Halbdunkel.

Martha war der alten Frau und ihrer Tochter ziemlich dankbar dafür, dass sie in den vergangenen Jahrzehnten keinen Elan aufgebracht hatten, sich in die Zeitläufe zu schicken und die Pension zu renovieren.

»Gehört Ihnen der Palast?«, fragte Martha.

»Nein, ich wohne woanders.«

»Und wem gehört er?«

Die Alte blickte sie trübe hinter den dicken Gläsern ihrer schwarzen, viereckigen Brille an, ohne auf die Frage einzugehen, und bemerkte: »Sie werden es nicht glauben, aber genau hier, an dieser Stelle, wo ich sitze, hat einmal D'Annunzio gesessen und sich mit einigen illustren Herren unterhalten.«

Ihre Stimme glich dem schwachen Bellen eines alten Hundes. Martha glaubte ihr kein Wort, doch so krumm und krank die Alte schien, sie beherrschte den Raum wie ein Zerberus.

Als ihre Tochter endlich erschien, eine kleine Dame mit blondgefärbtem, kinnlangem Haar und einer langen, glänzenden Nase, auf der eine winzige Brille saß, hinter der sie der jungen Frau argwöhnische Blicke zuwarf, betrachtete sie lange deren Pass. Das Dokument schien ihr die wirtschaftliche Lage des fernen Landes zu unterbreiten und sie wiederholte einige Male: »Martha Oberon ... Martha Oberon ... ok.«

Als sie ihn Martha wiedergab, erkannte die junge Frau am Ausdruck der Blonden, dass deren Argwohn sich aufgelöst hatte und die neue Kundin für sie keinen Gegenstand abenteuerlicher Spekulationen mehr bildete.

Durch einen langen, sparsam beleuchteten Korridor folgte Martha der anderen zur Tür des Zimmers 5, ein giftgrün gestrichener Raum mit einer phantastisch hohen Decke und einem etwas morschen Mobiliar aus den achtziger Jahren.

Martha war begeistert und öffnete sogleich die Tür zum Balkon.

»Die Farbe dieser Wände hat meinem Vater das Leben zerstört«, bemerkte die Tochter der Alten, als ihr neuer Gast Begeisterung über das Grün der Wände äußerte. »Er wollte dieses Zimmer, das schönste in der Pension, in der Farbe der Hoffnung streichen lassen, in einem leuchtenden Grün, aber der Anstreicher stellte sich so ungeschickt an, dass mein Vater selber auf das Gerüst stieg, dem Maler den Pinsel aus der Hand nahm, das Gleichgewicht verlor und stürzte. Seitdem ist er ganzseitig gelähmt und liegt nur noch. Zweiundachtzig ist er, der Arme!«

Bei diesen Worten blickte sie die neue Kundin fest an, als wolle sie die Wirkung ihrer Worte auf sie prüfen, überreichte den Schlüssel und riet: »Nehmen Sie wenig Geld mit, wenn Sie die Pension verlassen. Erst vor kurzem haben sie hier in der Nähe ein schwedisches Ehepaar, das bei mir wohnte, überfallen und komplett ausgeraubt.«

Als die Blonde die Tür hinter sich geschlossen hatte, wurde Martha klar, dass sie zwar das schönste, doch auch das lauteste Zimmer bezogen haben mochte. Der Lärm der vorbeiknatternden Motorräder und Mopeds versetzte den Raum immer wieder in leichte Erschütterungen. Pazienza!, sagte sie sich, die Worte des alten Hausdrachens wiederholend.

— Sie haben mir zugelächelt!

Etwa eine Woche nach der Ankunft in N. verließ Martha eines späten Nachmittags das Oriental, um einen ihrer langen Spaziergänge durch die Straßen und Gassen der Altstadt zu unternehmen. Es war schwül. Die Mauersegler flogen unter den Dachsimsen auf. In der stillen Via Dante waren zwei Freunde mit kurzgeschorenen Haaren und in silbergrauen Anzügen auf dem Weg zu einem Fest. Neben der Ruine des römischen Amphitheaters blühte ein Granatapfelbaum, und wie schön verklang das Surren eines am Herkulestempel vorbeigleitenden Fahrrads, auf dem ein junger Mann dahinfuhr! Er sah aus, als ob er Bücher läse und sich an seiner Belesenheit freute, dieser kleinen intellektuellen Überlegenheit, die sich, wie eine feine Ader in hartem Marmor, durch sein blasses Gesicht zog. Sogar aus seiner im Fahrtwind auffliegenden Krawatte schien die Freude an dieser Überlegenheit hervorzuwehen.

Auf der Piazza Vittoria setzte Martha sich vor ein Café und bestellte einen Espresso. Aus einem Lorbeerdickicht hinter ihr ragte die Statue eines Stadtpatrioten, vor langer Zeit hatte dieser Held mit seinen Männern den abschüssigen Platz verteidigt. Seine rechte Hand wies auf den Hügel, den die Angreifer herabgestürmt waren, doch jetzt deutete sein Finger auf eine dicke Frau, die in Turnschuhen und neongrüner Trainingsjacke auf einer Steinbank schlief. Ihre breiten Wangen zeigten nicht das gepflegte Braun der wohlhabenden Italienerinnen. Es war eine auf Parkbänken eingefangene, von Abgasen verdunkelte Tönung. Sie gehörte zu den Obdachlosen, die nur noch im Rausch Glück finden. Vogelgezwitscher erklang aus dem Laub über ihr. Sie jagte gerade eine Fliege von ihrem Gesicht, als zwei Männer in schwarzen Uniformhosen und kirschroten T-Shirts mit der Aufschrift City Angels vor ihr auftauchten. Die Schritte, mit denen sie an die Schlafende herantraten, waren leise, fast höflich. So, als Stadtengel, dachte Martha, müssten alle Polizisten umhergehen. Und wie Engel reichten sie der Frau, von ihnen sachte geweckt, einen Becher mit heißem Kaffee. Der ältere der City Angels besaß eine auffallende Ähnlichkeit mit dem steinernen Freiheitskämpfer. Sein Bart strahlte weiß, und der in seinem sonnenverbrannten Nacken von einem gelben, schmutzigen Gummiband zusammengehaltene Pferdeschwanz zeugte von einer zur Romantik neigenden Natur, die voller Gitarrenklänge stecken musste. Alles an ihm erzählte, dass er selber einmal, allerdings nicht so freundlich, auf Parkbänken geweckt worden war.

Als Martha etwas später im Vicolo Farnese nach einem Lokal suchte, waren auf beiden Seiten der Gasse die Tische besetzt, denn es war einer jener Sommerabende, an denen der Mensch spürt, was für ein ungeheuerliches Geschenk das Leben ist. Parfumdüfte wehten in Pizzadampf, und jede Frau war für den ihr gegenübersitzenden Mann ein Wunder an Reizen, jede einzelne vom Zauber einer Privatheiligen, mit Ketten und Ringen geschmückt, durch künstliche Wimpern, Eyeliner und Lidschatten hervorblinzelnd, selber leicht hypnotisiert von der Macht, die sich an diesem heißen Abend stärker als sonst ihres Körpers bemächtigt zu haben schien. Wie auf Thronen saßen sie auf den Stühlen, die Blonde mit dem Ausdruck einer Porzellantasse, die Rote mit dem Blick einer Dompteuse, die Schwarze mit den Augen eines Luchses und die Braune mit den Wimpern eines Uhus. Die Gabeln in ihren gepflegten Händen waren kleine Zepter und die silberfarbenen, grünen oder blauen Fingernägel leuchteten als winzige, bunte Speerspitzen auf den weißen Tischdecken. Gegrillte Scampi, tropfende Mozzarellastücke, vor Süße berstende Kirschtomaten und schwarze Oliven verschwanden in ihren Mündern. Geduldig oder gelangweilt nahmen sie die Worte ihrer Begleiter wahr, die tagsüber als Architekten, Ingenieure oder Maurer den Bau eines neuen Italien in Angriff nahmen, aus ehemaligen Weizenfeldern Megashoppingzentren schießen ließen und entlang alter Alleen Superstores aufstellten. Doch an einem heißen Sommerabend wie diesem suchten sie die porösen, Löwenmäulchen und Farne bergenden Steine der Altstadt auf, um hier, im Schein von Kerzen, vor ihren Frauen zu glänzen, an den Tischen jener Wirte, die auf den Speisekarten mit Gerichten ihrer bäuerlichen Vorfahren prahlten, mit Fleisch am Spieß, mit Stierhoden oder Pferdefilets.

Über das Kopfsteinpflaster ging es auf und ab, als seien die Steine Bühnenbretter. In Shorts und Tops schwebten die Kellnerinnen wie an Prospektzügen heruntergelassene Engel an die Tische heran. Stimmen prasselten aus den offenen Lokaltüren. Portale klappten auf und zu. Der steinerne Patriot schritt gegen die wachsende Dunkelheit an. Die Luft mischte sich mit Weindünsten. Die Flügel eines Adlers spreizten sich aus einer Fassade, von einer Mauer lachte das Marmormaul eines Löwen. Seit vierhundert Jahren plätscherte es in ein Brunnenbecken, und die Heiligen in den Nischen wurden nicht müde, ihre Arme segnend über die Menschen auszubreiten.

Martha verlor im Gedränge den Überblick. Die Körper der Menge, dieses Geflecht aus nackten Armen, entblößten Beinen, blaugefärbten Mähnen, grünen Haarfransen, blonden oder kohlschwarzen Schöpfen, formte einen einzigen Leib. Wie Helmschalen reihten sich fünf Glatzköpfe an einem Tisch aneinander, schwarze, braune, graue und weiße Bärte zogen sich wie ein gesprenkelter Pelzbesatz durch die Gasse. Zum Himmel stiegen Geschrei und Gelächter. Ein Metallknopf blinkte aus einem Bauchnabel. Aus einem Heiligenhäuschen lächelte eine Madonna. In einem Hauseingang verschwand eine Äthiopierin mit schneckenhausähnlicher Kopfbedeckung aus himmelblauem Satin. Der Eiffelturm auf einem T-Shirt stellte sich in Marthas Blick. Aus dem Haar einer Kellnerin fiel eine Spange und zersplitterte in einem Strasssprühregen, und schließlich schritt eine ganze Kolonne von nackten Beinen durch die Gasse, von Turnschuhen und Sandalen in die heiße Nacht getragen. Vor allem für sie, für die Besitzerinnen langer Beine, drang die Musik aus den Lautsprechern der Bars, blitzten die Rolex-Uhren an Handgelenken auf, stellten Köche sich auf Zehenspitzen, um Blicke aus den Küchenfenstern zu werfen, zu diesen Mädchen hin, die voll und ganz an ihre eigene Person glaubten.

Von Zeit zu Zeit ertönte auf dem Kopfsteinpflaster das Zerspringen eines Glases, erklangen von irgendwo die Laute eines Akkordeons. Es war die Hochsaison der

Kellner, die, wie der Flieder im April, im Juni ins Blühen gerieten, von einer fast zauberischen Wendigkeit geführt, die im September wieder nachlassen würde.

Einige alte Frauen hatten es sich an den Fenstern der schmalen Häuser gemütlich gemacht, von dort, wie in die Vergangenheit ihrer Jugend, in das Treiben der Gasse blickend. Aus jedem Mädchenlachen hörten sie schon das bittere Meckern der betrogenen Ehefrau heraus, in jedem erhaschten Kuss lasen sie bereits die Worte eines Scheidungsurteils. Für diese Frauen war der Vicolo Farnese ein Buch, aus dem sie die einander ablösenden Epochen mit ihren Moden, Sitten und Eigenarten lesen konnten. Was hatten sie nicht alles im Lauf der Jahre aus ihren Fenstern beobachtet! Wie viele Schlager der Saison waren nicht bei fast unveränderter Kulisse zu ihnen emporgeschallt! Im Jahr 1958 Nel blu dipinto di blu, im Jahr 1968 Azzurro, im Jahr 1978 Stayin' alive, im Jahr 1988 I don't want your love und dieses Jahr Shape of You von Ed Sheeran, doch alle in dieser Gasse verklungenen Schlager waren an den Mauern der winzigen, versteckten Kirche von San Giovanni in Riposo abgeprallt, die wie ein uralter Bettelmönch unter einem Torbogen stand und sich mit jedem ihrer Steine weigerte, irgendeine Zeit, die nicht die ewige war, durch ihre niedrige Tür einzulassen.

Martha schob sich durch die Menge, an den Lokalen vorbei, versuchte es bei dem Oste Bello und bei Tonino, doch die Kellnerinnen und Kellner gaben mit gehetzten Blicken und knappen Worten zu verstehen, dass ihre Ausschau hoffnungslos bleiben würde. Männer und Frauen saßen auf den Stühlen, als wollten sie sich nie wieder erheben. Martha ging wieder und wieder die Gasse auf und ab. Alles um sie her lachte, sprach, flüsterte, trank, rauchte, verführte und hoffte. Es stieg schon Gereiztheit in ihr auf, als auf einmal ein großgewachsener, grauhaariger Mann in weißem Anzug und mit einer Rosenknospe im Knopfloch die Menge durchbrach. Die Frauen blickten bei seinem Erscheinen auf. Er wirkte wie jemand, der von Trapezhöhen mitten in das Publikum eines Zirkuszelts hinabgestiegen ist. Offenbar war er ein Mann, der schnell begriff, denn mit einer einzigen Handbewegung sicherte er sich die Aufmerksamkeit eines Wirts, der Martha sofort einen Tisch vor sein Lokal stellen ließ.

Erleichtert und erstaunt setzte sie sich, in alle Richtungen nach dem Herrn mit der Rosenknospe im Knopfloch Ausschau haltend, um ihm zu danken und ihn zu einem Glas Wein einzuladen, doch war er im Gewimmel verschwunden.

Was für eine Art von Leben mochte dieser Mensch führen, der an einem Juniabend in einem vollkommen geschnittenen Sommeranzug allein durch diese überfüllte Gasse ging und nur eine Hand zu heben brauchte, damit ein Wirt für ihn einen Tisch auf die Straße tragen ließ? Dem Aussehen nach hätte er ein Zirkusmanager, Croupier, ein müder Erbe, ein Verführer vermögender Witwen oder ein fauler Schriftsteller sein können.

Als die Karaffe Wein halb ausgetrunken und die Hoffnung verraucht war, die seltsame Erscheinung wiederzusehen, tauchte sie noch einmal in der Menge auf und lächelte Martha zu.

»Sie haben mir zugelächelt!«, sagt Jean-Louis Barrault zu Arletty in der Anfangsszene von Die Kinder des Olymp. Das Geheimnis des Lächelns! Es lässt sich nicht einfangen, als wäre es ein Widerschein aus mystischer Quelle. Das Lächeln des Mannes mit der Rosenknospe im Knopfloch erinnerte Martha an das Lächeln von Arletty. Sie ahnte, dass er vielleicht die Gabe besaß, sie in eine Welt einzuführen, wo der Traum den Boden bildet, dem alles erwächst.

Als sie dem Mann mit der Rose im Knopfloch an einem Sonntagmorgen in der Bar Tre Stelle wiederbegegnete, war sie nicht erstaunt. Er saß in einer Ecke und blätterte in der Gazzetta dello Sport. Auch er schien nicht darüber verwundert, sie in diesen öden, leicht verkommenen Ort eintreten zu sehen.

Er erhob sich und kam ihr mit einer Verve entgegen, als habe er auf niemand anderen als auf sie gewartet.

»Salvatore. Salvatore Spinelli«, stellte er sich vor. »Einen Espresso? Ein Glas Wein?«

An jenem Morgen in der kühlen, hin und wieder von einzelnen Sonnenstrahlen getroffenen Bar, wo zu dieser Stunde die Stille der verlassenen Via Sant' Antonio lag, an jenem Morgen, den sie mit einem Espresso begannen und mittags mit einem Campari beendeten, wurde Martha klar, dass sie vielleicht gefunden, was sie so lange gesucht hatte.

An Spinelli haftete etwas, das ihr vom ersten Augenblick an, als sie ihn unter der Menge im Vicolo Farnese erblickt hatte, vertraut gewesen war, etwas, das auch ein Ritter von König Arthurs Tafelrunde hätte haben können, eine Heiterkeit und Leichtigkeit, wie Menschen sie besitzen, die mit Wundern rechnen. Aus seinen hellbraunen Augen, über denen etwas pelzige

Brauen lagen, stachen dunkle Pupillen hervor, die sich in der raschen, intensiven Witterung jenes Windes bewegten, der Leben mit sich führt.

Die geflickten Löcher in seinem weißen Hemd und der Riss am Ärmel seiner Leinenjacke verliehen ihm etwas Durchlässiges, etwas von einem beschädigten Jutesack, in dem Kaffeebohnen von Brasilien nach Hamburg befördert werden.

Spinelli erwies sich als faszinierender Erzähler, ein Erzähler ohne jeden Sinn für Konvention, zuweilen auch ohne jeden Sinn für Scham. Immer wieder nahmen seine Schilderungen unerwartete, in überraschende Regionen entführende Wendungen. Wie ein Hund den Sprüngen eines Rehs folgte Martha seinen bizarren Gedankensprüngen und Schilderungen.

Es stellte sich heraus, dass er ungewöhnlich belesen war und sich in der Malerei so gut auszukennen schien wie in der Stadt N., wo er, wie sie bald erfahren sollte, jede Kirche, jedes Kloster, jeden Buchladen und jede Bar kannte.

Hatte die Vielzahl von Stimmen, die aus ihm sprachen, sich während seiner Lektüren gebildet, wie es oft bei belesenen Menschen geschieht? Wie auch immer, endlich war sie auf jemanden gestoßen, dem die Gestalten Giottos so vertraut waren wie Verwandte.

Als er ihr aus seinem Leben in N. erzählte, versuchte Martha, sich die Physiognomien seiner Eltern vorzustellen. Er behauptete, einen neapolitanischen Grafen als Vorfahren zu haben. Seine Mutter jedoch war Stickerin, sein Vater Archivar in einem Militärdistrikt gewesen, wo man ihn aufgrund seiner schönen, leserlichen Handschrift angestellt hatte.

Nach vielen Jahren fleißiger Abschreibarbeit starb er an einer Krankheit, die durch die in den alten Papieren befindlichen Mikroben verursacht worden war.

Spinellis größte Stärke war sein Nachahmungstalent. In Rom, wo er Architektur studierte, hatte er sich so an die Nachahmung seines Kunstgeschichteprofessors gewöhnt, dass dessen Familie in ihm eine lebendige Fassung des Professors vorgefunden hätte, wenn er damals plötzlich gestorben wäre.

Bis jetzt hatte Martha sich in N. nicht unglücklich, doch einsam gefühlt. Weder hatten die Kursteilnehmer ihr Interesse geweckt noch die Männer, die ihr auf den Straßen nachschauten, ihre Aufmerksamkeit auf sich gezogen. Spinelli zu begegnen war mehr als eine glückliche, es schien ihr eine schicksalhafte Fügung.

Das Gefühl, das Martha gehabt hatte, als sie ihm zum ersten Mal im Vicolo Farnese begegnet war, dass dieser Mann, dessen Vorname Erlösung bedeutete, eine Rettung aus der Sommereinsamkeit in N. für sie sein könnte, bestätigte sich nicht nur bei ihrem Treffen in der Bar Tre Stelle, sondern im Laufe des Juni, der sie immer wieder zusammenführte.

Auf den Spaziergängen mit ihm erfuhr sie immer mehr über Spinelli, der offensichtlich nichts mehr zu verlieren hatte außer seiner Vergangenheit. Aus ihren Gesprächen entwickelte sich eine neue geistige Route in Martha, auf der sich ihr bisher ungehörte Namen einbrannten, wie etwa der von Mansur, dem berühmten indischen Miniaturmaler, der auf den Reisen mit Kaiser Jahangir Vögel und Blumen malte. Manchmal gingen sie bis zur Burg hinauf, wo sie sich auf eine

Bank setzten und über die Kuppeln, Türme und Hochhäuser von N. blickten. Oft erprobte Martha in vielen Zeichnungen Spinellis Bewegungen und Gesten. Es gelang ihr, nicht nur die spezifischen Züge seines Gesichts, sondern zuweilen auch seine psychischen Regungen zeichnend einzufangen. Manchmal verließen sie die Altstadt und verliefen sich in der Peripherie, wo sie einmal in einem Café landeten, vor dem ein paar Gummikakteen etwas von Mexiko erzählten und auf einer Tafel das aus Linsensprossensalat und Falafel bestehende Mittagsmenü geschrieben stand.

Fasziniert von dem verträumten Schritt eines kleinen Filippino in zitronengelbem T-Shirt, von dem harten Funkeln eines Stahlpfostens, dem Silber und Anthrazit der um die Verkehrsinsel kreisenden Wagen, dem lauten Hupen, das einen von Heimweh erfüllten Inder in seine Heimatstadt versetzen musste, fasziniert von dem voller Optimismus steckenden Schritt einer Büroangestellten, saßen sie lange vor dem Café und betrachteten über die Verkehrsinsel hinweg ein Bassin aus hellblauen, von Schmutz überzogenen Schwimmbadkacheln. Irgendein Architekt hatte hier in Zement einen buddhistischen Traum verwirklichen wollen. Über dem wasserleeren Becken verrosteten in schwebender Starre fünf unterschiedlich große chinesische Bronzeglocken, die unter dem Druck eines aus der Höhe des Wolkenkratzers schießenden Wasserstrahls die Luft mit ihrem Geläut erfüllt haben würden, doch jetzt lag die außer Betrieb gesetzte Wasseranlage wie der Kadaver einer architektonischen Vision da. Ihr gegenüber hielt die neue Zentrale von UNI Credit in einem pyramidenförmigen Monument den

Ausdruck der tiefen menschlichen Sehnsucht nach Barschaft fest.

Zwischen Café und Bankzentrale hallten die Schritte der auf Stöckelschuhen einherstelzenden Frauen wider, die bis in die Spitzen ihrer frisch gewaschenen Haare von dem Bewusstsein erfüllt schienen, die höchste Sprosse der vor ihnen liegenden Laufbahn erreichen zu müssen. Wie sich in Hirschaugen der Wald widerspiegelt, so spiegelten sich in den Augen der eilenden Frauen die Glasfassaden wider.

Von ganz anderer Art, aus ganz anderer Epoche war Spinellis Stammcafé, das nur ein paar Schritte vom Tre Stelle entfernt lag. Seine Besitzer bewegten sich hinter dem Tresen, als würden sie eines Tages in seiner Begleitung in den Himmel einziehen. Das Ehepaar hatte das Alter längst überschritten, da ein Wirt Puntemes serviert, die Wirtin eine Espressomaschine bedient. Doch der magere Mann hielt seine von einem weißen Hemd umspannte Brust der Trostlosigkeit des Alters stolz entgegen.

Eine dunkle Brille klammerte sich über seine Augen, in deren Pupillen, nahm er das Gestell ab, eine etwas verächtliche Strenge sichtbar wurde, die sich beim Erscheinen einer schönen Frau in den Ausdruck der Ergebenheit auflöste.

Einmal trafen Martha und Spinelli hier auf drei Studentinnen, die sich auf der niedrigen, die Wand entlanglaufenden Bank zu einer längeren Konferenz über die Liebe und das Glück niedergelassen hatten. Sie breiteten in dem vergangenen Jahrhundert, in dem die Bar noch lag, die Süße der Jugend aus. Es lag etwas Rebellisches in der Wahl der Mädchen, sich hier zu treffen, wo nur die Habitués des Viertels einkehrten. Der Stolz auf ihre snobistische Entscheidung war ihnen anzusehen. Die drei waren jung, doch trauerten sie schon, unter Gelächter und Geflüster, einer Vergangenheit nach, die in der Bar konserviert lag wie ein Hering in Salz. Vielleicht hauchte sie aus den Wänden die Jugendzeit ihrer Mütter an, die sich auf derselben erdbeerrot gepolsterten Bank, auf der jetzt die Töchter saßen, als auf dem allermodernsten, vor Neuheit krachenden Polster niedergelassen hatten, damals, als Eros Ramazzotti als Vorstadtheld aus jedem Radio sang. In vertraulichem, sogar kokettem Ton wandten sie sich in ihrem Gespräch immer wieder an den Wirt, der wie ein alter Priester hinter der Theke Gläser abtrocknete, ein Handtuch faltete oder einen Löffel seinem prüfenden Blick unterzog, ganz so, als ginge ihn das Treiben der Jugend nichts mehr an, als sei die letzte Wahrheit nur im Glanz eines sauberen Löffels zu finden; doch kaum klang eine der jungen, ihn anrufenden Stimmen an sein Ohr, wachte er aus der priesterlichen Versunkenheit auf und schäkerte auf seine Art über die Theke hinweg.

Wenn Martha, voller Eindrücke, von den langen Spaziergängen mit Spinelli in das grüne Zimmer ihrer Pension zurückkehrte, setzte sie sich oft noch vor das offene Fenster und dachte über ihn nach.

Spinelli war der einzige Mensch, den sie kannte, der keinen Beruf, keine Versicherung, keinen Status, kein Bankkonto, keine Frau und keine Kinder hatte, in denen er das Erbe seines Wesens hätte sichern konnte. Er vertrat nichts und niemanden mehr außer sich selbst.

In seiner rechten Jackentasche trug er immer einen kleinen, von ihm selbst genähten, grünen Seidenbeutel mit sich herum, der an manchen Tagen gefüllt, an den meisten jedoch leer war. Sobald er am ersten Tag jedes Monats seine sechshundert Euro Sozialhilfegeld auf dem Postamt abholte, führten ihn seine Schritte als Erstes zu einem Gemüsehändler und zu einer Buchhandlung. Hier gab er sein Geld für ein paar exotische Früchte wie Mangos und Guaven und dort für ein, zwei neue Bücher aus. Im besten Käseladen der Stadt kaufte er vielleicht noch eine Büffelmozzarella aus Kampanien oder ein Stück Ziegenkäse aus Sardinien. Manchmal bezahlte er die längst fällige Versicherung für sein Auto und eine große Anzahl von Strafzetteln. Meist war damit das Geld fast ausgegeben. Für den Rest des Monats lebte er in Armut, die ebenso zu ihm gehörte wie die Eleganz. Sein Eau du Portugal stammte aus einer Tester-Flasche, die er einmal in Marthas Gesellschaft bei der Innenstadtkönigin der Kosmetik hatte mitgehen lassen.

Wenn Spinelli morgens seine Vorstadtwohnung verließ, trat er in einem blütenweißen Hemd und einem sandfarbenen Jackett unter die Inder, Marokkaner, Rumänen und Schwarzen seines Viertels. Die großgewachsene Erscheinung mit dem Ausdruck eines ältlichen Putto erinnerte zugleich an einen wohlhabenden Gigolo wie an einen Dominikaner in weißem, schwingendem Habit. Von Kopf bis Fuß in die verschiedenen Farbnuancen von Eierschalen und Ziegenbarthaaren gehüllt, ging er, eine Rosenknospe oder ein Lindenblatt im Knopfloch, eine schwarze, in der Mitte von einem Zwirn zusammengehaltene Sonnenbrille auf der Nase, mit dem Schritt des melancholischen Bonvivants an den Halal-Metzgereien, an von afrikanischen Frauen betriebenen Friseursalons, an pakistanischen Kleinsupermärkten und indischen Schmuckläden vorbei, in den offenstehenden Ladentüren einen Geruch von Nikotin, Kaffee und Vanillemark hinterlassend.

Außer durch seinen ungewöhnlichen Haarschnitt fiel er durch seine bewundernswerte Art auf, mit Frauen umzugehen. Die Damen seines Viertels kannten ihn alle, die alten Jungfern und die Witwen, denn sie konnten nicht vergessen, wie der Herr im weißen Anzug sie eines Tages auf offener Straße umarmt und mit den leisen Worten bella! bellissima! auf beide Wangen geküsst hatte. Die junge Frau im langen Jeansrock aus dem Lager der Roma kannte ihn, in deren Erinnerung das Bild des großen Mannes mit der Blume im Knopfloch vielleicht nie verblassen würde, der eines Dezembernachmittags an ihr Wagenfenster geklopft und lächelnd um einen Teller Suppe gebeten hatte. Im Fingernagelstudio Vita verblühte ein Strauß Rosen in der Vase einer Nubierin, den sie aus Dank für eine kostenlose Maniküre erhalten hatte. Auch sie würde Spinelli nicht vergessen. Doch vor allem die alten Schwestern aus dem Altersheim für Nonnen blickten voller Freude auf, wenn er mit einem Sack schmutziger Wäsche unter den Klosterarkaden erschien. Seit Jahren wuschen sie seine Hemden und weiten Leinenhosen, die er auf Flohmärkten erstand. Sie flickten seine Jacken und stopften seine Strümpfe. Sie schenkten ihm Rosenkränze, Kuchenstücke und Kissenbezüge. »Du hast die Augen einer kranken Maus«, sagte er einmal zu einer von ihnen, seine schöne Hand mit den langen Fingern und den etwas zu langen Fingernägeln auf ihren kleinen Kopf legend. Da weinte sie, weil sie spürte, dass er die Wahrheit gesprochen hatte und der Tod nicht weit entfernt war.

Die Bewohner seines Viertels wussten, dass Signor Salvatore arm war, doch keiner glaubte es ihm. Er am wenigsten. Gab es denn irgendeine Verbindung zwischen seinem Aussehen und seinem leeren Geldbeutel? Er war zu sehr Ästhet, um sich als Sozialhilfeempfänger zu betrachten. Die ihm monatlich überwiesenen sechshundert Euro sah er als eine beleidigend geringe Summe an, dafür, dass er niemals in seinem Leben einer regulären Arbeit nachgegangen war: eine geniale Leistung, die der italienische Staat mehr hätte honorieren müssen. Wenn er sich jedoch von einem Wohlhabenden in seiner Armut erkannt fühlte, dann hielt er ihm mit faszinierender Herablassung das Spiegelbild eines Elenden entgegen, dann setzte er seine Gabe des unmittelbaren Erkennens ein. Mit mildem Blick und leiser, leicht gebrochener Stimme, den Rauch einer Zigarette langsam und nachdenklich zwischen den feuchten Lippen hervorstoßend, zeichnete er ein treffendes Porträt seines vermögenden Gegenübers, das gewagt hatte, auf seine finanzielle Not anzuspielen. Seine braunen Augen, nach schwerer und seltener Krankheit oft hinter den Gläsern einer schwarzen Sonnenbrille verborgen, trafen dann mit sezierender Präzision das Wesen des Unvorsichtigen. Wie der Aasgeier auf einen Hundekadaver, zielte Spinellis erbarmungsloses Wort auf dessen verborgene Wunden, erotische Perversionen oder kindliche Illusionen. Er entschlüsselte ihn mit der Schnelligkeit eines Safeknackers, und seltsam: die von ihm aufgedeckten, oft gefährlichen Wahrheiten wirkten erlösend, fast etwas berauschend auf den anderen.

Dieser Scharfblick war das Anziehende und Gefürchtete an ihm. Vielleicht war Spinelli die Gabe der Klarsicht in die Wiege gelegt worden, vielleicht aber hatte er im Laufe seines Lebens oft so tief in den Abgrund geblickt, dass ihm keine menschliche Physiognomie mehr ein Geheimnis blieb.

Da er keiner festen Arbeit nachging, hatte er Zeit für zwei wertvolle Betätigungen: lesen und reden. Es konnte durchaus sein, dass er zuweilen, in der Hitze eines Sommernachmittags, allein in seiner Wohnung, nackt auf dem Bett lag und in zersetzenden Trübsinn verfiel. Doch Martha wusste, dass er die zu Hause verbrachte Zeit meist dem Lesen widmete. Wie ein Eichhörnchen von Baum zu Baum springt, so hatte er sich im Lauf seines Lebens, von unersättlicher Neugier getrieben, von Buch zu Buch gelesen, von Aristoteles bis zu Artaud, von Zenon bis zu Zola, ohne jemals der Versuchung zu erliegen, selber einen einzigen Satz zu schreiben.

Wenn er zu einer Stunde, da andere das Büro verließen, aus dem Haus ging, geladen mit Lektüre (er war in die Feinheiten der buddhistischen Lehren ebenso eingedrungen wie in die Finessen der Herrenschneiderkunst), kam er, kaum über die Türschwelle getreten, ins Reden. Redend geriet er ins Leben. Redend verwirklichte er alle seine Hoffnungen, die er nicht mehr erfüllbar wusste. Mit leichter Verbeugung flüsterte er dann der Servierin im Café am Dom ein Kompliment zu, mit der Hand auf dem Herzen trat er einem Priester entgegen, ihn in ein Gespräch über Joachim von Fiore verwickelnd, mit einem liebevollen Lächeln hakte er sich bei einer alten, reichen Dame unter, die in ihrem Palast in der Altstadt eine große Kunstsammlung besaß. Einem Hipster erteilte er in einem Vintage-Laden seine Absolution. An einer Straßenkreuzung steckte er seinen Kopf in das offene Fenster eines Busses und rief dem Fahrer zu: »Es ist Zeit für dich, in Pension zu gehen!« Da ging eine Frau mit einem Geigenkasten! Er eilte auf sie zu, hielt sie an und bat sie darum, ihre Geige hervorzuholen und ihm etwas von Schubert vorzuspielen. Und dort, den kahlköpfigen Tätowierten, ließ er nicht an sich vorübergehen, ohne ihn nach den Symbolen auf seinen muskulösen Armen und nach den Preisen für Tattoos auszufragen. Schon aus der Ferne erkannte er an ihrem Gang eine Prostituierte und warf ihr einen Handkuss zu. Er verwickelte die Menschen, denen er begegnete, in Gespräche und nahm so intimen Anteil an deren Erzählungen, dass manchem die Tränen in die Augen schossen. Vor allem für tragische Existenzen war er empfänglich. Einmal begegnete Martha und Spinelli ein Kind im Rollstuhl. Da strich er im Vorbeigehen dem Jungen über den hängenden Kopf. Kam er an einer Bettlerin vorbei, hielt er inne und legte ihr, mit der karitativen Gebärde eines Mannes, den der Überfluss des Geldes nachdenklich gestimmt hat, eine Münze in den Schoß.

Es reichte ein Detail aus, ein gelb lackierter Fingernagel oder ein Buch unter dem Arm eines Passanten, damit er von der Lust des Redens ergriffen wurde, eine

Lust, die das Vergnügen am Paradieren und Schwadronieren in sich trug.

Zu seinen vielen Gaben gehörte eine Großzügigkeit, die bis zur Verausgabung seiner selbst reichte. Er schenkte sich den Menschen hin, auf der Straße, in der Bar, im Theater oder im Esszimmer der Ehefrau eines Autohändlers. Es genügte, dass er einen Blick auf jemanden warf und sein Geist von waghalsigen Gedankensprüngen erschüttert wurde. Im Gesicht einer Eisverkäuferin erkannte er das Antlitz der von Lyotard gemalten Lady Anne Somerset wieder, und an der Nase eines Bankangestellten las er dessen sexuelle Träumereien ab.

Spinellis subtiler Blick war zugleich scharf und entblößend. Seine Worte bargen Poesie und Komik. Wie viel Wissen, wie viel Witz, wie viel Wahrheit und Wahnsinn flossen für die Dauer einiger Minuten in das Gespräch mit einem Straßenkehrer, für die Dauer eines Abendessens in die Unterhaltung eines Kreises von Großindustriellen, für die Dauer einer auf Rot gestellten Ampel in die Konversation mit einem Unterwäscheverkäufer aus dem Punjab!

Vielleicht gehörte er, wie Joseph Roth irgendwo schrieb, zu einem der Experimente, die hier und da von der Natur gemacht werden, ehe sie sich entschließt, eine neue Gattung hervorzubringen. Vielleicht gehörte er aber auch zu den Weisen, die, wie Cioran einmal über Henri Michaux sagte, bereits erschöpft auf die Welt kommen und daher mit ihrer Existenz keinen größeren Schaden in der Welt anrichten.

Wer ihn nicht kannte, gewann vielleicht den Eindruck eines in Muße verbrachten Lebens, doch Spinelli lebte Tag für Tag in der Bedrohung unmittelbarer Katastrophen. An manchen Tagen waren seine Augen in so schlechten Zustand, dass er das Vergnügen, sich unter Menschen zu begeben, dämpfen musste, denn selbstverständlich war er eitel und zeigte sich gerne intakt.

Sein silbernes, zerkratztes VW-Cabrio, über dessen Armaturenbrett weiße Tücher lagen, mit darüber verstreuten, vertrockneten Hortensienblüten, hatte im Lauf vieler Jahre den Wert eines Glücksvehikels erhalten. Nur dieser Wagen konnte ihn zu den Orten bringen, an denen er glaubte, an etwas Geld zu kommen. Spinelli wäre niemals in einen Bus gestiegen, um zu einer Kunstgalerie zu fahren, deren Besitzer er einmal mit seinen Kenntnissen betört hatte in der Hoffnung, dass der Galerist die Kosten für eine Zahnbehandlung übernähme. Er hätte sich auch nie auf ein Fahrrad gesetzt, um zu einem Abendessen reicher Freunde zu radeln, von wo er vielleicht mit einem Zwanzig-Euro-Schein und ein paar Scheiben vom kalten Beefsteak zurückgekehrt wäre.

Natürlich zog der ramponierte, an einen Straßenaltar erinnernde VW die Blicke der Polizei auf sich. Das zerkratzte, zur Aufbewahrung von Blumen und Heiligenbildchen dienende Auto irritierte sie. Wenn Spinelli einen Polizisten erblickte, wusste er, dass er angehalten werden würde. Doch aus dieser Gewissheit heraus hätte er seinem Auto niemals das Gesicht genommen, das er ihm im Lauf der Jahre verliehen hatte. Bei jedem Herauswinken ließ er es darauf ankommen und fragte sich, ob es ihm gelingen würde, das sture Temperament des Uniformierten mit seinem Charme, mit seinem Interesse für dessen Familie für sich einzunehmen und auf diese Art einer Strafe zu entgehen.

Bis zu dem Augenblick, da Martha Spinelli kennengelernt hatte, war ihr Leben, wie ihr erst jetzt bewusst wurde, ziemlich harmlos verlaufen.

Sie war fest davon überzeugt, dass ihre Mutter sie seit dem Tag, da sie auf der Welt war, nicht liebte, denn Martha hatte alle Züge der Familie ihres Vaters, der Oberons, geerbt. Von ihrem Vater, der bei einem Autounfall umgekommen war, stammten der große Körperwuchs, die weiten, grünen Augen mit der ins Gelb gehenden Iris, die kräftige, gerade Nase, die vollen, festen Lippen und das hellbraune Haar. Von ihm war auch das ruhige, etwas nüchterne Temperament auf sie übergegangen.

Von ihrem Großvater hatte sie früh gelernt, sich an etwas unförmigen, manchmal auch abgenutzten Motiven, wie einem bestickten, fadenscheinigen Kissen, zu üben und alle Dinge mit sauberer, glatter Oberfläche zu meiden, da sie schwer zu zeichnen waren, doch in Mrs Oberons Wohnung war alles weiß und sauber. Als Kind hatte Martha oft den Eindruck gehabt, dass ihre Mutter aus einer Welt weißer Kacheln stammte. Die Eingangstür zu ihrer Wohnung am Kensington Park öffnete sich in das kühle Zwielicht eines Flurs, der Ausblicke in Zimmer bot, wo ausschließlich weiße Möbel wie in einem stillen Museum beieinanderstanden. Die Teppiche, Vorhänge, Regale, Kacheln, Holzleisten, Lampenschirme, Bilderrahmen, Töpfe, Zahnputzbecher und Handtücher, alles war von blendendem Weiß. Mrs Oberon selber, in ihren weißen Hosenanzügen, zu denen sie weiße Turnschuhe trug, sah wie eine elegante Oberärztin aus. Man wäre nicht erstaunt gewesen, wenn ihre leichenweißen, von Sommersprossen bedeckten Hände mit den blutrot lackierten Fingernägeln aus den Taschen ihres weißen Blazers ein Thermometer oder eine Spritze hervorgezogen hätten. Dünn und mit herabfallenden Schultern war sie eine Frau ohne einen Gran Einbildungskraft. In ihren kleinen Augen lag ein harter Ausdruck, der zu ihrer Stimme passte, die herb und trocken klang. Im Lauf der Jahrzehnte hatten sich ihre breiten, kaulquappenartigen Lippen zu einem Ausdruck von Bitterkeit und Unzufriedenheit verzogen.

Es war vor allem Mrs Oberons mit einer Allergie gegen die Vergangenheit einhergehende Stauballergie, die den Umgang mit ihr erschwerte. Marthas Mutter betrachtete die Vergangenheit, auch ihre eigene, als eine Grabkammer voller toter Dinge. Wegen dieser Allergie standen keine Bücher in der Wohnung und wurde jedes Spinnennetz sorgfältig entfernt.

Martha, die ihrem Vater nicht nur aus dem Gesicht geschnitten war, sondern auch dessen Liebe zur Natur geerbt hatte, litt als Kind darunter, in der Wohnung ihrer Mutter weder einen Hund noch eine Katze halten zu dürfen. Aber es wäre nicht einmal einer Taube eingefallen, durch ein offenstehendes Fenster in das blendende Weiß hineinzufliegen, wo es keine Stellen gab, an denen Bienen oder Wespen Nester hätten bauen können, so, wie sie es im Haus von Marthas Großvater taten.

In der Wohnung am Kensington Park musste das kleine Mädchen auch im Sommer dafür kämpfen, etwas Wärme um sich zu schaffen. An manchen Tagen erschienen ihr die Räume wie eine zu Eis gefrorene Möbellandschaft, in der Martha eine immer stärkere Leidenschaft für die Farbe Grün entwickelte. Die das Wesen ihrer Mutter widerspiegelnde Wohnung wurde zu ihrem abstrakten Feind, der sie jeden Morgen von neuem zwang, ihre Selbstverteidigungskräfte anzufeuern.

Als Martha mit dreizehn die weißen Vorhänge ihres Zimmers abnahm, Saristoffe über die Gardinenstange hängte, mit einer Freundin die Wände grün strich und über ihr weißes Bett eine bunte Decke breitete, erregte sie Hass in Mrs Oberon. Inmitten der weißen Wohnung schaffte sich das Mädchen eine eigene, grüne Welt, eine Art Waldzimmer, in der sie alles das tat, was ihre Mutter verachtete: Sie sammelte Pflanzen, hielt einen Hasen und häufte Bücher an.

In ihrem Zimmer stand auch ein großer Sessel. Über seine Lehne war ein von der Sonne ausgeblichener Schal gebreitet, dessen persisches Muster aus Blättern und Blumen den ewigen Juninachmittag eines Sultans aus Tausendundeiner Nacht zu bergen schien.

In das alte Möbelstück mit seinen Polsterritzen voller Bleistifte, Krümel und zu Kieselsteingröße zerkauten Radiergummis zog sich Martha nach der Schule oft zurück, um zu lesen und zu zeichnen. Es stammte aus dem Inventar ihres Großvaters und hatte vor langer Zeit seinen Freunden, von denen viele Schriftsteller und Maler gewesen waren, Platz geboten.

Vielleicht hatte sie in diesem Sessel, zwischen dessen Polstern sie gelernt hatte, die Zeit in der nicht immer angenehmen Gesellschaft ihrer selbst zu verbringen, die schönsten Stunden ihrer Kindheit verbracht, im Winter vor allem, wenn die rasch aufsteigende Dunkelheit die Wände emporschlich und sich eine Buchseite in ihren Händen in die Fahrkarte zu einer anderen Welt verwandelte. Wie oft hatte sie nicht in diesem Sessel das seltsame Gefühl überfallen, irgendwo jenseits der Welt zu sein!

Je größer Martha wurde, desto weniger entsprach sie den Vorstellungen von Mrs Oberon, deren Erwartungen sie auf keinem Gebiet erfüllte. Doch nichts hatte die Wut ihrer Mutter mehr erregt als Marthas Entschluss, Kunstgeschichte zu studieren, ein Fach, das in den Augen von Mrs Oberon so alt und staubig war wie eine Nekropole. »Wenn du etwas im Leben leisten willst, dann schau in die Zukunft«, riet sie, wenn sie ihre Tochter in ein Buch oder in eine Zeichnung versunken sah. Martha machte es nicht im Geringsten etwas aus, als ungeeignet für die Zukunft zu gelten, die ihre Mutter in der Galerie vertrat, wo Martha zahllosen Künstlern der Gegenwart begegnete.

Wie ihr Großvater war auch Martha davon überzeugt, dass ihre Mutter nichts von Kunst verstand. Die Künstler, die sie in ihrer Galerie kennengelernt hatte, litten ihrer Ansicht nach unter bemerkenswerten Geschmacksverirrungen und gehörten mit Sicherheit nicht zu jenen »gefährlichen« Gestalten, von denen Platon sprach.

Dass Martha in N. einem Mann wie Spinelli begegnet war, empfand sie als Geschenk. Er war jemand, der sich weigerte, als gut dressiertes Tier durchs Leben zu kommen. Seine Existenz erschreckte sie aber auch. Durch ihn erhielt sie Einsicht in das Innere von jemand, der auf dem hauchdünnen Seil des Intellekts über die gewöhnlichen Daseinsbestrebungen hinwegbalancierte.

Eines Abends, an einem Tisch beim Oste Bello, erzählte sie ihm, dass sie das Gefühl habe, in der Akademie von N. nichts zu lernen. Sie hatte sich etwas anderes von dem Malkurs erwartet.

Als die junge Kellnerin mit dem zu einem Knoten aufgesteckten Haar und dem Wildkatzenausdruck in den Augen an ihren Tisch kam, um mitzuteilen, dass die Osteria schließe, bestellte Spinelli noch einen Anima nera.

Er schwieg eine Weile, ehe sich über sein Gesicht ein Lächeln breitete und er sagte: »Bei diesen Temperaturen hält man es hier nicht mehr aus. Ich kenne jemanden, der ein Haus in Sizilien hat, direkt am Meer. Vor ein paar Jahren habe ich ihm zwei Bilder von Frans Post vermittelt. Ich glaube, das Meer täte uns gut!«

Ein Hauch Kenia, eine Prise Bali

In der an ein Spielkasino erinnernden Bahnhofsbar von N. bestellte Martha einen Kaffee und ein hauchdünnes Tramezzino. Die Wandspiegel ringsum waren vom Dampf der Espressomaschine beschlagen, auf dem Boden lagen weggeworfene Lottoscheine, einzelne Zeitungsblätter und Strohhalme. Etwas Erotisches lag in der Luft, als wenn der Gott der Liebe den zwei jungen Kellnern im Nacken säße, um die Ramazzotti-Flaschen kreiste, sich im rosafarbenen Papier der Gazzetta dello Sport verberge, einem Schaffner aus dem Mund pfiffe und einer Studentin aus dem Dekolleté lugte. Blicke flogen blitzschnell hin und her, Rufe und Ausrufe kreuzten sich in der Luft und Trinkgelder fielen klimpernd auf die Theke, derweil es unter der Bahnhofskuppel von den Ansagen der schönsten Städte der Welt widerhallte: Venedig, Rom, Neapel, Florenz!

Auf dem Weg zu Gleis neun machte Martha an einem Kiosk Halt, um sich die Zeit mit einem Rundblick über die ausgelegten Zeitungen und Zeitschriften zu vertreiben. Es war eine jener Buden, wo sich auf kleinstem Raum, dicht an dicht, auf grauem und buntem Papier, die Phantasien und Sehnsüchte der Menschen verdichteten. Der Zeitungsverkäufer war ein Maulwurf, verborgen im Halblicht des Papierreichs, aus dem sich seine stark behaarte, Geld empfangende und Geld rückerstattende Hand streckte. Der versteckte Mann bat sie, noch etwas länger vor seinem Verschlag stehen zu bleiben: »Vielleicht ziehst du mir ein paar Kunden mehr an.«

Sie hatte nichts dagegen, stellte ihr Gepäck auf dem Boden ab und platzierte sich neben dem Kiosk, bis ihr Zug nach Rom eintraf.

Im Abteil saß sie zwei jungen Spaniern gegenüber, denen sie am liebsten von Spinelli und ihrer Reise nach Sizilien erzählt hätte, doch hielt sie irgendetwas von einem Gespräch mit ihnen ab.

Während sie ihren Blick in einen Sizilien-Führer zwang, schoben sich ablenkende Bilder vor die Lektüre. Mrs Oberon stand ihr vor Augen, die ihr vorwarf, stets krumme Wege einzuschlagen. Das hielt sie nicht davon ab, immer wieder unruhig nachzurechnen, wann der Zug Rom erreichen würde. Sie hatte Angst, Spinelli dort nicht vorzufinden, der ihr voraus gefahren war.

Als der Zug schließlich in den Bahnhof Roma Termini einfuhr, stand Salvatore in einem weißen Leinenanzug am Gleis.

Von Roma-Fiumicino flogen sie nach Palermo, wo der nepalesische Bedienstete ihrer Gastgeber sie am Flughafen abholte und über Segesta ans Meer fuhr.

Irgendwann bog das Auto in eine Schotterstraße ab, auf der linken Seite des Wagens eine schwindelerregende Tiefe, auf der rechten ein von Macchia-Gestrüpp überwachsenes Felsmassiv.

Zikaden schlugen aus den Schluchten und Buchten, Geruch von wildem Thymian und Wolfsmilch lag in der Luft. Wo auch immer der Blick hinschweifte, fasste er die Pflanzen, die die Martha aus den griechischen Epen kannte: Zypressen, Oliven, Mandelbäume und Myrten.

Nach einer letzten Wendung lag das Meer vor ihnen. Vor seinem halluzinatorischen Blau hob sich auf einem Felsplateau ein weißes Haus ab. Seine Fensterläden öffneten sich als graue Flügel auf das Wasser. Ein Vorhangsaum flatterte aus einer offenstehenden Balkontür, und ein Gärtner wässerte mit einem giftgrünen Schlauch einen Oleanderbaum. Wie ein Apollofalter schwebte sein schmächtiger Körper in dem weißen T-Shirt nah über dem Kliff.

Um das einsame Haus lag der Geist des Geldes.

Ihre Gastgeberin kam ihnen entgegen. »Da sind Sie!«, rief sie, mit einem Blick, in dem das unschlagbare Vergnügen lag, ihre Angestellten vorzuführen, die sich um Martha und Spinelli zu schaffen machten, um das Gepäck ins Haus zu tragen.

Die magere Frau, der so ziemlich alle Attribute weiblichen Reizes fehlten, trug eine lavendelblaue Bluse, weiße Seidenhosen und Caprisandalen. In den Meeresbrisen fiel der lange, weißblonde Pony immer wieder wie ein Visier über ihre grauen Augen. Schnitt und Fall der Haare erinnerten an ein kleines Mädchen aus reichem Haus, an seine Tennisspiele im Schatten von Pinien und seine ersten Küsse in Sanddünen.

Madame Tabarin war weder schön noch exzentrisch, sondern eine bis ins Mark domestizierte Frau, unter deren dünner Haut das Magma einer erschreckenden Selbstliebe kochte.

Angespannt schaute sie immer wieder an ihrer hohen, mageren Gestalt herab, die so zart und zerbrechlich wirkte, als könne sie in jedem Augenblick von einem starken Windzug über die Felswände und Klippen getragen werden. Auf ihrem Arm trug sie einen grauen Kater, Kimono von ihr gerufen. Er hatte einen weißen Fleck auf der Nase und schaute mit fast schmerzhafter

Intelligenz um sich. Kimono, sagte Spinelli, erinnerte an eine der vier Katzen von Frau Ahavzi, in deren Dienst der kleine Muck tritt, um den Tieren jeden Morgen den Pelz zu kämmen und sie nachts mit Samtdecken einzuhüllen. Madame Tabarin hielt den grauen Kater wie ein Kind im Arm. Sie konnte nicht von ihm sprechen, ohne in Rührung zu geraten.

Martha beschloss, sich die Zuneigung von Kimono zu erobern, um sich auf diese Weise auch die Gunst ihrer Gastgeberin zu sichern.

»Was für ein Blick!«, rief Spinelli auf dem Weg durch den Garten.

»Zauberhaft, nicht wahr?«, gab Madame Tabarin zurück, als hätte ihr Haus am Rand eines kleinen Teiches, nicht an der Küste des Mittelmeers gelegen.

Kiran, der erste Angestellte, führte die Gäste zu ihren Zimmern.

In dem Raum, wo Martha untergebracht war, stand ein Bett aus Bambusholz, ein blinder Ankleidespiegel aus einer ungewissen Epoche, ein schwarz gestrichener Tisch mit lyraförmigen Beinen und eine alte Kommode, auf der eine zerlesene Biographie über Diana Cooper lag.

Das Fenster öffnete sich nicht aufs Meer, doch war es auch hier, wie überall im Haus, mit seinem Rauschen nah.

Es war kurz vor Sonnenuntergang, als Madame Tabarin ihre neuen Gäste im Garten mit einem Drink erwartete. Als sie nach ihm rief, erschien der zweite Angestellte, Anand, mit einem Tablett. Darauf standen Gläser und Schälchen mit gebrannten Mandeln und Haselnüssen. Er stellte es auf einem runden Eisentisch ab, der auf einem Vorsprung des steil bis ans Wasser herabfallenden Felsens balancierte.

Martha setzte sich kerzengerade auf einen Stuhl und legte angespanntes Interesse in die Augen, als sei sie gebannt vom Anblick des unter ihr liegenden Meeres, während sich das Gefühl in ihr ausbreitete, in ein perfekt laufendes Getriebe geraten zu sein, in dem jedes kleinste Versehen unheilvolle Konsequenzen haben konnte. Als ihr Fuß einmal an das Tischbein stieß, klirrten die Gläser auf dem Tablett leise und gefährlich aneinander.

Auch wenn die grauen Augen der Gastgeberin immer wieder von dem langen Pony verdeckt wurden, stach ihr Blick scharf durch die blonden Strähnen hindurch und nahm alles um sich herum wahr. Spinelli schien in diesen Augen hochzustehen, da Madame Tabarin ihn fast mit Ergebenheit behandelte. Auch Martha war von ihrem neuen Freund beeindruckt, der in unwahrscheinlichstem Kontrast zu seiner Armut anscheinend in einem noch komplizierteren mondänen Dschungel verkehrte, als sie bis jetzt angenommen hatte.

Die Gastgeberin goss Hendricks Gin in die Gläser und streute frische Limezesten darüber. Ihre in gesenkter Tonlage gehaltene Stimme gab zu verstehen, dass das wenige, was aus ihrem Mund kam, extrem anspruchsvoll war. Sie schien ein Widerstreben zu empfinden, gewöhnliche Fragen zu stellen oder gewöhnliche Feststellungen zu machen. Bei ihr war der Sonnenuntergang »göttlich« oder er war gar nicht.

Da trat ein älterer Herr aus einem Rundbogen der Terrasse. Es war Monsieur Tabarin.

Spinelli erhob sich, ging ihm entgegen, umarmte ihn kurz und stellte Martha vor.

Tabarin zog ihre Hand an seine trockenen Lippen, und Martha überließ sie ihm, als hätte sich im Lauf ihres Lebens dieser Teil ihres Körpers an nichts so sehr gewöhnt wie an diesen Gruß, auch wenn in Wirklichkeit ihre Sammlung von Handküssen armselig bestückt war.

Es war ihrem Gastgeber auf den ersten Blick anzusehen, dass er ein geborener Jäger war, geübt darin, sich einer Frau geschickt zu nähern, sie langsam einzukreisen und seine Beute nicht mehr entwischen zu lassen.

»Möchtest du einen Gin Tonic?«, fragte seine Frau ihn.

Tabarin ließ sich in einen Korbsessel fallen, warf einen prüfenden Blick über den Tisch, entschied sich für einen Wodka Tonic und stellte mit faszinierender Höflichkeit einige Fragen nach dem Verlauf der Reise seiner Gäste.

Martha ließ Spinelli erzählen, um sich Tabarin näher anzuschauen. Man hatte den Eindruck, als wenn die Farben des Meeres sich in seinen Augen zu einem Blau verdichtet hätten, das er, wie Tabarin Martha bald gestand, gerne in seinen Adern hätte fließen sehen. Nichts auf der Welt wäre ihm wahrscheinlich lieber gewesen als eine adelige, womöglich in Bengalen auf Tigerjagd ums Leben gekommene Großmutter. Erfolg hatte einen zufriedenen und arroganten Ausdruck in dieses manchmal etwas gläserne Blau gepresst, doch lag eine Härte in seinem Gesicht, die weder durch den weichen Fall seines vollkommen geschnittenen Jacketts noch durch seine Höflichkeit verborgen werden konnte. Mit ihrem scharfen Blick fasste sie die Gestalt ihres Gastgebers. Hinter seinen schmalen Lippen, die von der unerschütterlichen Entschlossenheit sprachen, niemals das Terrain des Mittelmaßes zu betreten, lagen kleine, gleichmäßige und sehr gepflegte Zähne. Er trug eine leicht zerschlissene, etwas zu klein wirkende, doch tadellos geschnittene Sommerjacke in elegantem Schlammbraun. Als er sich einmal erhob, bemerkte Martha, dass seine Hose in der Taille von einer alten Krawatte zusammengehalten wurde. Seine Schuhe sahen ziemlich unbequem aus, Schnürschuhe in honigfarbenem Braunton, wie Käthe-Kruse-Puppen sie tragen. Wer solche Schuhe trägt, schloss sie, fürchtet nicht, jemals irgendjemandem davonlaufen zu müssen. Abgesehen von den Schuhen hätte Monsieur Tabarin, so, wie er jetzt dasaß, vor hundert Jahren Kapitän eines Teeklippers sein können. Das Leben, so drückte seine aufrechte Haltung aus, war für ihn ein Pokertisch: Es galt der ganze Einsatz.

Er war auf keinen Fall ein sympathischer Mann. Der Reichtum hatte ihn unantastbar und undurchsichtig gemacht. In seiner unbedingten Forderung nach perfekt geölten Manieren lag etwas Unerbittliches.

Zwischen ihm und Spinelli, dachte Martha, gab es eine Verbindung: Beide waren Passagiere einer Epoche, die schon lange untergegangen war.

Wie sich im Messingknopf eines Hotelbetts der ganze Raum als winziges Zerrbild widerspiegelt, so konnte man in den Pupillen von Tabarins Augen die Schauspieler wiedererkennen, die ihm in der Jugend als Vorbilder gedient hatten. Zwischen den Silhouetten von Jean Gabin und Humphrey Bogart erhaschte man auch die Schatten der Schauspielerinnen, die er auf der Leinwand geliebt hatte: Rita Hayworth und Ava Gardner.

Er erzählte von seinem letzten Aufenthalt im Hotel Grande Bretagne in Athen. Martha sah ihn vor sich, wie er mit einem Spazierstock in der einen und einem Lederkoffer in der anderen Hand in die Hall trat und sich zwischen Rucksackträgern seinen Weg zur Rezeption bahnte.

Sie wusste nicht, wie er sie einschätzte, doch spürte sie, dass er mit ihrem weißen Rock und der Kette um ihren Hals zufrieden war. Irgendwie war es ihr gelungen, sofort einen Strom zwischen ihm und ihr herzustellen, den Rand der seinen Reichtum umgebenden Eisschicht etwas anzuschmelzen. Auch gelang es ihr, an den richtigen Stellen seiner Geschichten zu lachen, ein Lachen, das sie zur Verfügung hatte wie andere ihr Smartphone – vielleicht, weil sie inzwischen von Spinelli gelernt hatte, ihre Augen noch schärfer auf die Welt zu richten.

Eines war klar: Tabarin bewunderte Spinelli, dessen finanzielle Misere ihm nicht in ihren wahren Ausmaßen bekannt sein konnte.

Je länger ihr Gastgeber erzählte, desto mehr geriet Martha in eine Welt aus Rennwagen, Zigarren, Lock-Hüten und Lobb-Schuhen, englischen Herrenschneidern und einsamen Nächten in den Tropen. Wie die Herzogin von Saint-Simon von dem Erscheinen eines tätowierten Rappers am Hof von Versailles verwirrt gewesen wäre, so war Martha von dieser Sehenswürdigkeit getroffen.

Manchmal hielt Tabarin in seinen Schilderungen inne, wischte sich mit einem wunderschönen Taschentuch über die kleine Stirn und sah Martha prüfend von der Seite an, als wenn er sich die Frage stellte, was man wohl mit ihr anfangen könne.

»Verliebt?«, fragte er sie plötzlich.

Sie schüttelte kurz den Kopf, verblüfft darüber, dass er ihr eine so direkte Frage stellte.

»Und er?«, fragte er, mit dem Kinn auf Spinelli weisend.

Ohne sofort zu antworten, zog sie zweimal an ihrer Zigarette, bevor sie zurückgab: »Spinelli? Er ist mein Erretter!«

Etwas später kamen der Graf Canosta und seine Frau hinzu, die für einige Tage bei den Tabarins zu Besuch waren, bevor sie nach Patmos segelten.

Spinelli erkannte in Canosta sofort die moderne Fassung des von John Singer Sargent gemalten Lord Ribblesdale. Statt Reithosen und bodenlangem, schwarzem Mantel trug er rote Chinos, ein dunkelblaues Polohemd und einen um die Hüften geschlungenen Sweater. Seine Füße steckten in blau-rot gestreiften Espadrillas, die in ihrer leichten Ausgetretenheit besonders anschaulich das nach Bequemlichkeit strebende Temperament ihres Inhabers ausdrückten. Die weichen Schuhe passten gut zu dem ausgewaschenen Gesicht, aus dessen Zügen, wie aus einem undichten Wasserhahn die Tropfen, sein komfortabler Lebenswandel hervorsickerte.

Für die Canosta vom Leben aufgedrückte Rolle des Landbesitzers und Sportsmannes war er in seiner Großgewachsenheit und Blauäugigkeit hervorragend geeignet. Jetzt, im nicht sehr hohen Alter von vielleicht sechzig Jahren, machte er allerdings den Eindruck, sich ein wenig ausruhen zu wollen – wovon, das war nicht klar. Auf seiner feingeschnittenen Unterlippe haftete ein weißer Cremetropfen auf einer Herpesblase.

Der Adel, hatte Spinelli einmal Paul Valéry zitiert, sei eine mystische Eigenschaft der Samenflüssigkeit. Diese geheimnisvolle Samenflüssigkeit hatte für Canostas zweite Frau keine Bedeutung mehr, da sie bereits zwei Kinder mit einem anderen Mystiker blauen Bluts gezeugt hatte.

Als Lampendesignerin war die Gräfin Canosta in Europa eine gesuchte Frau. Hinter ihrer meisterhaft gelifteten Gesichtshaut lag ein böses und schönes Antlitz. Von den schmalen Schultern fiel ein weißes Leinenkleid, mit einer Stickerei aus blauen Schlangenlinien, die an das Muster auf dem Brustpanzer der Göttin Athena erinnerte. Die auf den ersten Blick majestätische Gestalt offenbarte sich auf den zweiten als fragil. Hinter dem strahlenden Lächeln des vollen, rot geschminkten Mundes war die Grimasse einer Gekränkten zu erkennen.

Es war bekannt, dass ihr erster Ehemann sie mit einer Instagram-Bekanntschaft betrogen und für diese Bekanntschaft verlassen hatte.

Der matt lächelnde Canosta betete sie an. Er kümmerte sich in einem fort darum, dass ihre Schultern, ihre Füße, ihre Hände nicht froren, dass ihr Glas mit Wasser gefüllt und ihr Smartphone geladen war. Das gut aussehende Paar war längst mit Haut und Haaren in die Fänge der virtuellen Welt geraten, wo es sich besser als zu Hause fühlte.

Es erschien auch noch ein anderes Paar. Panagiotopoulos, ein schlanker, braun glänzender Grieche mit den Augen eines dressierten Pudels, hatte sich, nach einer in London missglückten Karriere als Schauspieler, mit seinem Ehemann nach Sizilien zurückgezogen, der aus Liebe zu Panagiotopoulos Frau und Kinder in Shropshire hatte sitzen lassen, an sich aber ein gütiger Mensch war und seinen Dackel liebte.

Beide Männer trugen Hawaiihemden, grellbunte Bermudas und Espadrillas. Beide behaupteten, seitdem sie in den Garten der Tabarins getreten waren, im Paradies zu sein.

Man trank und schaute aufs Meer, das niemals aufhören wird, verehrende Blicke einzufordern, als bewohnte immer noch ein Gott seine Wasser. Der Sonnenuntergang bot ein weiteres Spektakel. Ihm wurde in diesem Haus eine hohe Rolle zugeteilt. Die Gäste saßen mit ihrem Sundowner vor der glühenden Scheibe, als sei der Stern ein ausgefallenes Stück Gartendesign.

Madame Tabarin steckte bei dem feierlichen Anblick eine Zigarette in ihr Mundstück. Sie wusste immer genau, wann der Höhepunkt jedes Tages erreicht und der Augenblick gekommen war, sich eine Zigarette zu genehmigen.

Nach einigen Gläsern führte sie das Ehepaar Panagiotopoulos durch das Haus, über dessen Räumen ein Hauch Kenia, eine Brise Bali, ein Schimmer Rajasthan und ein Ton Patmos lagen. Martha begleitete sie. Mit dem Schritt des reichen Mädchens, das ihre Freunde durch die elterliche Villa führt, ging die Gastgeberin voran. Ihre Gangart drückte das Bewusstsein aus, dass ein kurzer, harter Tritt genügte, die Besucher wieder hinauszubefördern.

In den Zimmerecken und neben den Türen lagen Muschelmosaike. Es waren Madames Kunstwerke. Jeden Tag, erzählte sie dem Ehepaar, arbeitete sie geduldig an diesen Kunstwerken, bemüht um die »heilige Mitte«, die sie zusammenhielt.

Als Martha in das Badezimmer ihrer Gastgeberin ging, schien jeder Gegenstand davon abzuraten, ihn zu benutzen. Die Seife war noch in Papier gewickelt und die großen Leinenhandtücher lagen so streng in Falten, dass sie jeden Moment einem Ministranten als Altartuch hätten gereicht werden können.

Nach und nach nahm die aufsteigende Dunkelheit die karstigen, sich zerklüftet zu den Ufern senkenden Felsmassen, die Pinien, die Zypressen und den sonnenverbrannten Bewuchs der Klippen mit sich fort.

Auf der Terrasse wurden Laternen angezündet.

»Madam, dinner is ready«, rief die Stimme einer der Angestellten das Treppenhaus hinauf, ein Ruf, der noch einige Augenblicke lang in den Räumen des oberen Stockwerks nachhallte und in Marthas Ohr hängenblieb.

Die Laternen warfen das Licht eines nächtlichen Zeltlagers auf die Terrasse, wo auf den warmen Steinplatten ein etwas wackliger Tisch gedeckt war.

Nach dem von ihm manövrierten placement nahm Monsieur Tabarin am Ende des Tisches in aufrechter Haltung Platz, als hielte er ein Steuerrad zwischen den Händen und führe die Tafel gegen südöstliche Passatwinde an. Obwohl nur in Jacke und Hose gekleidet, machte er den Eindruck, von Kopf bis Fuß in Uniform zu stecken.

Von der Leinentischdecke strahlte etwas Kühle in die heißen Hände. Die Kohlensäureblasen in der eisbeschlagenen Wasserflasche stiegen als winzige Kristalltropfen auf. Auf den harten, schmalen Stühlen saß es sich wie auf alten Kirchenstühlen.

Der Gastgeber schenkte aus einer Flasche Falanghina ein und reichte Eiswürfel weiter.

»Leonora hat angerufen, vielleicht kommt sie nach dem Essen«, bemerkte Madame Tabarin. »Sie wird Ihnen gefallen«, wandte sie sich an Martha. »Ich halte sie für eine der besten Malerinnen unserer Zeit!«

Auf das Schellen einer Handglocke erschien Kiran mit einer Schale voller Seeigel.

Die leise Konversation hatte den Honig dieser Gegend, einen Yogalehrer, handbemalte Kacheln und die Liebe eines Bienenzüchters zur Tochter eines Dorfmetzgers zum Inhalt.

Tabarin, dessen blaue Augen über den Rand seines Weinglases blitzten, gab Anekdoten aus seinem Leben zum Besten, ohne die Erwähnung zu vergessen, dass er einmal mit dem Aga Khan gespeist und mit der Herzogin von Devonshire einen Foxtrott getanzt habe.

»... Nächste Woche fahre ich nach Neapel, um einen gewissen Herrn zu treffen, der in Turkmenistan...«

»... Frauen, die sich nicht vor der Sonne schützen, sind wahnsinnig ...«

«... ein Freund aus Jaipur, ein Journalist ...«

Irgendwann gähnte die Gräfin Canosta hinter verborgener Hand. Ihr wurde es gestattet, auch wenn das Gähnen in diesem Haus als Beleidigung der Form ungern gesehen wurde. Tabarin sah man niemals gähnen. Da Snobismus nichts anderes als eine Form verschärfter Liebe zum Leben ist, verstand sich, weshalb Gähnen in seiner Gesellschaft verboten war.

Canosta war damit beschäftigt, alle möglichen Schutzmaßnahmen gegen die Mücken und das Herpesbläschen auf seiner Unterlippe zu ergreifen. Die Nerven des Ehepaares waren von den langen Sommerferien schon etwas angeschlagen.

Soweit es ihm die Höflichkeit gestattete, wandte sich Tabarin häufig an Martha.

Er erzählte, dass er seine Yacht, die *Devil's Kiss*, in England gekauft habe, ein Land, das er als Snob mit allen Fasern seines Herzens liebte. Sie erfuhr auch von einem Reitunfall in London, wo er fast den kleinen Zeh seines rechten Fußes und die größte Liebe seines Lebens verloren hatte. Und im Kongo, wo er geschäftlich zu tun gehabt habe, sei er einmal in Gefangenschaft geraten. Auch wenn Martha ihm nicht alle Geschichten abnahm und die meisten davon stinklangweilig fand, hatte er in ihr eine hingerissene und stumme Zuhörerin. Außerdem *wollte* sie ihm seine Geschichten glauben. Die Langeweile, die sie verspürte, war von bester Qualität.

An einem Tag im Juni, im Zeichen der Zwillinge und mit verwegenem Temperament geboren, fühlte sich Tabarin schon als Kind zu Außergewöhnlichem berufen. Diese Bestimmung wurde von dem Bewusstsein begleitet, dass er sich seiner Anatomie nicht zu schämen brauchte.

Als sein Vater, der mit der Herstellung von Sonnenschirmen zu Geld gekommen war, plötzlich starb, erbte Tabarin im Alter von siebzehn Jahren ein Vermögen. Das Geld, sagte er, machte ihn noch verwegener, als er schon war, und so nahm er sich die Tochter eines Grafen zur Frau. Von ihr, einer kupferrothaarigen und grünäugigen Schönheit, lernte er, seine Kraft gegen alles aufzubieten, was das Leben einem Menschen an Gewöhnlichem auferlegt.

»Vor allem aber lernte ich von dieser Frau die Liebe zur Schönheit, die, wie Platon irgendwo sagt, das wahre Ziel der Erziehung ist. In ihrer Familie betrachtete man die Liebe zur Schönheit als eine ästhetische Disziplin, die einfach zur Bildung eines Menschen gehörte.«

So, fuhr er fort, habe er gelernt, jeden Augenblick auf seine Vollkommenheit hin zu sammeln. Und dann reiste er irgendwann nach Chile.

Neben der Verehrung für seine grünäugige Frau habe er damals auch eine Leidenschaft für Tänzerinnen gehabt. Er behauptete, dass es nichts Herzloseres als die Liebe gäbe, dass nur die Frauen anderer Männer oder eben Tänzerinnen der Verführung wert seien.

In seinem zweiunddreißigsten Lebensjahr, als er eine ungewöhnliche Wendigkeit im Tango und eine unerreichte Geschwindigkeit im Motorradfahren erlangt hatte, verursachte er einen Unfall mit seiner *MV-Agusta*, verlor dabei den rechten, kleinen Finger und beinahe das rechte Auge. »Ich war auf diesen Unfall gefasst gewesen, weil der Todestrieb mit der Liebe zum Leben in mir einherging.«

Mit der geschickt zusammengenähten Verletzung über seinem Auge war nach der Operation sein Gesicht intakt geblieben. Die Naht machte ihn sogar noch anziehender für die Frauen.

Knapp dem Tod entronnen, entdeckte er eine künstlerische Vene in sich. Er begann, seine Liebesabenteuer aufzuschreiben, doch hing sein Herz zu stark an den Dingen dieser Welt. Denn Monsieur Tabarin verstand keine andere Kunst als die zu leben, in *dieser* Welt zu leben.

Das Lesen war nur halb seine Sache und an klassischer Musik war er oberflächlich interessiert, da ihm das Dasein anscheinend alles gegeben hatte, was er brauchte: Geld, Macht und Liebe. Doch hatte er vor Büchern die Achtung des Millionärs, der genau weiß, dass die Welt des Geistes nicht mit Geld zu erobern ist.

»Genial, dieser Fleming!«, rief er aus, als Martha ihn über seine Lektüren ausfragte. »Es gibt nicht einen Bond-Roman, den ich nicht gelesen hätte! Ich kenne sie alle, Goldfinger, Casino Royal, alle!«

Kiran und Anand gingen um den Tisch und reichten den Gästen Platten mit Garnelentartar und Zitronen-Carpaccio. Von den Tempeln ihrer Heimat weit entfernt, dienten sie jetzt anderen, anspruchsvolleren Autoritäten, die von ihnen mehr als bloßen Dienst, die einen übersteigerten Sinn für Ordnung verlangten. Dank ihrer Religion versagten sie jedoch nicht an den Altären des Ehepaars Tabarin.

Der Ältere von beiden, Anand, der auch als Koch angestellt war, hatte unter Madame Tabarins penibler Aufsicht gelernt, wie die Gaumen der Gäste mit dem Geschmack, der Konsistenz, dem Aussehen und dem Geruch der Speisen zu treffen waren.

Die Hausherrin schien mit ihrer Kost eine Substanzveränderung im Körper der Gäste bewirken zu wollen. Außer die Gaumen in Erstaunen zu setzen, erteilte sie den Speisen die tiefere Aufgabe, in den Essenden keine unruhigen Träume hervorzurufen, keine dunklen Gedanken aufsteigen zu lassen, keine Verstopfung zu verursachen und, alles in allem, die Stimmung der Körpersäfte hochzuhalten. Daher machte sie Gebrauch von vielen Kräutern wie Thymian, Rosmarin, Majoran und Lavendel. Der gedünstete Seeteufel etwa war getränkt in einer Sauce aus Basilikum und Pfefferminze.

Immer mehr fühlte sich Martha in diesem Haus wie in das Gehäuse einer aus lebendigen Figuren gemachten Uhr versetzt, von denen jede der Spannklinke, dem Spannrad, der Krone oder Unruh entsprach. Ihre Gastgeberin selbst kam Martha wie das Antriebswerk dieser Uhr vor. Madame Tabarin gelang es, immer wieder alles Hässliche, Störende oder Unangenehme aus ihrem Blickfeld zu entfernen, ein Manöver, das einen unnatürlichen Kreis um die Behausung zog.

»... ein Cousin zweiten Grades von Prinz Charles, ein guter Freund von mir ...«

»... Ich lese Bolaño, immer wieder Bolaño. Zum ersten Mal habe ich ihn auf einer Reise durch Nepal gelesen, in einem Jeep mit einem muslimischen Fahrer, der ohne Ende vor sich hin betete, während ich versuchte, meinen Bolaño auf den Knien zu halten ...«

Eine Platte mit Orangensalat wurde herumgereicht.

»Cheers!«

»... Heute, nach einem etwas zu langen Gespräch mit Jakarta, hatte ich eine kleine Diskussion mit meiner Frau. War es so oder nicht, Chérie?«

Spinelli und Martha warfen sich einen kurzen Blick zu.

»Und dann hatte diese Insel einfach die schönsten Muscheln der Welt!«, rief Madame Tabarin aus.

»Niemand hat dich aufgefordert, eine Konferenz über Muscheln abzuhalten! Ob rund oder flach, grau oder weiß, interessiert keinen Menschen«, fuhr Tabarin sie an.

»Cheers!«

Von der Terrasse waren die Wellen zu hören, die an die Klippen unterhalb des Hauses prallten. Die Kerzen in den Laternen flimmerten und flackerten.

»... Alle Geschäftsmänner müssten Protestanten sein ...«

»Erinnerst du dich, als ich in Marrakesch von einem Esel angegriffen wurde?«

»Was muss man auch für eine Gans sein, um sich von einem Esel angreifen zu lassen!«

»... ich habe von den Tuareg gelernt, mit der Sonne umzugehen ...«

»Ja, diese Limoges-Teller habe ich für einen lächerlichen Preis gekauft. An sich wären sie unbezahlbar gewesen, aber da Pfauen auf ihnen abgebildet sind und jeder weiß, dass Pfauen Unglück bringen, habe ich das gesamte Service für einen Apfel und ein Ei bekommen.«

Tabarin warf mit Steinen nach Katzen, doch im Gespräch war er von pedantischer Höflichkeit. Da er sich selbst bodenlos bewunderte und viele Geschichten aus seinem Leben erzählte, war es wirklich nicht leicht, sich beim Essen mit ihm zu langweilen, auch wenn er zu den glücklichen Menschen gehörte, die vergessen, dass sie immer wieder dieselben Geschichten erzählen. Darüber, dass die Menschen in Singapur wie Kapern aussahen, hatte Martha bereits viermal gelacht.

Während die Gäste erregende Speisen zu sich nahmen, verzehrte Madame Tabarin das Mahl eines Hasen: einen kleinen Haufen Rucola. Die Magerkeit des großen Mädchens triumphierte bei ihr über die Schwerkraft der zunehmenden Jahre. Sie bewohnte ihren Körper wie ein Mönch seine Zelle.

»... Katzen sind würdevolle Tiere und betteln nicht ...«

»Hunde sind höflich und zartfühlend, sie passen sich den Menschen an, Katzen nie. Ich ziehe bei weitem Hunde vor!«

Die Gastgeberin gab sich Mühe, eine ernste Unterhaltung zu führen, sich über die frivolen Geschichten ihres Mannes zu erheben, doch war sie dabei zu besorgt, Tabarin, der sich selbst das größte Vergnügen abgewann, die Laune nicht zu verderben.

Am Ende der Mahlzeit läutete Madame Tabarin eine Handglocke, deren Klang Martha durch Mark und Bein ging. Diese kleine Glocke beschäftigte sie. Wie der Ruf des Angestellten zum Essen, hallte der Schall noch lange in ihr nach.

Federleicht, als hätte sie kaum etwas zu sich genommen, erhob sich die Gesellschaft vom Tisch und verteilte sich auf den Steinbänken entlang der Terrassenbrüstung.

Als das Ehepaar Panagiotopoulos sich verabschiedete und Anand Mokka und kandierten Ingwer servierte, trat Mrs Moore auf die Terrasse.

Die ungewöhnlich blasse Dame im schwarzen Abendkleid, um deren Gestalt immer noch die raue Luft ihrer schottischen Heimat zu schweben schien, war eindeutig von etwas anderem Schlag als die Künstlerinnen, die Martha bisher über den Weg gelaufen waren.

Die junge Frau war darauf vorbereitet gewesen, eine jener sich ernst nehmenden Malerinnen mit Mission anzutreffen, die wie Konfetti auf der ganzen Welt verstreut waren. Was sie bislang an Künstlern kennengelernt hatte, waren mehr oder weniger unausgegorene Nachahmungen, waren unscharfe Spiegelungen von Künstlern gewesen. In der Galerie ihrer Mutter hatte sie Aktmalerinnen und Comiczeichnerinnen, Pop-Art-Künstlerinnen und New-Age-Artistinnen, Grafikerinnen und Graffitikünstlerinnen kennengelernt. Ihr waren eine kleine Kurzhaarige, die ausschließlich mit Wäscheklammern künstlerisch tätig war, und eine große Langhaarige begegnet, die nichts anderes als telefonierende Liebespaare malte. Mrs Moore aber entsprach in nichts ihren gewohnten Vorstellungen von einer gegenwärtigen Künstlerin, ja, zerstörte sie noch auf der Türschwelle.

Aus dem Gesicht der Malerin strahlten Martha silbergraue, rasch hin und her fahrende, zuweilen aufblitzende und kurz zustechende Augen entgegen. Es lag etwas Kühnes darin. Eine kleine, spitze, etwas zerbrechlich wirkende Nase ragte über schmale Lippen, und um ihren Hals wand sich ein schwarzes Satinband, von dem ein geschliffener, in Gold gefasster Smaragd hing, der wie ein Tropfen Pfefferminzsirup auf der weißen Haut schimmerte. Sie trug einen Siegelring, der sich als goldener Käfer an ihrem kleinen

Finger festgesaugt zu haben schien. In sein Oval war ein springender Brunfthirsch eingraviert. Ihre Haltung war aufrecht und ihr Parfum erinnerte an einen Gewitterhimmel im späten April.

Mrs Moore, dachte Martha, war eine Frau, zu der gut ein schwarzer Regenschirm gepasst hätte. Am erstaunlichsten aber war ihr Lächeln, das aus den Augen zu sprühen, zwischen den Lippen hervorzustrahlen und jede Falte ihres Gesichts mit Herzlichkeit zu erfüllen schien. Martha fand sie wunderschön und konnte ihre Augen nicht von ihr fortreißen.

Die Malerin hatte einen kleinen Korb voller Pfirsiche mitgebracht.

Obwohl ein Kopf kleiner als Tabarin, wirkte Mrs Moore größer als er. Martha spürte, wie die etwas zynische Jovialität, die sonst in seinen blauen Augen lag, einer leicht verunsicherten Höflichkeit gewichen war. Monsieur Tabarin war kein Mann, der sich leicht beeindrucken ließ, schließlich hatte er mit dem Aga Khan zu Mittag gegessen und mit der Herzogin von Devonshire Foxtrott getanzt, doch die Malerin war eine Frau, die er fast als bedrohlich wahrzunehmen schien.

Auf Spinellis Gesichtszügen lag ein begeisterter Ausdruck. Seine Pupillen schienen um zwei Nuancen brauner geworden zu sein, seit Mrs Moore erschienen war.

»Ihr kennt euch?«, fragte Tabarin, als er sah, wie Spinelli die Malerin umarmte.

»Natürlich kennen wir uns! Wann haben wir uns das letzte Mal gesehen? Vor dreißig Jahren? In Venedig?«, rief Mrs Moore.

»Vor genau dreißig Jahren! In Venedig!«

Martha spürte, wie Spinellis Prestige in Tabarins Augen noch mehr stieg.

»Dass ich noch lebe, ist seltsam genug, aber dass ich *dich* in diesem Leben noch einmal treffe, ist noch seltsamer!«, sagte Mrs Moore zu Spinelli. »Die Welt ist etwas ungemütlich geworden inzwischen, findest du nicht? Aber du kannst immer noch froh sein, dass du mich damals nicht geheiratet hast! Das Leben mit mir wäre für dich *wahnsinnig* langweilig geworden!«

»*Ich* bedauere es jeden Tag.«

Das Erscheinen der Malerin ging Spinelli offensichtlich an die Nieren. Die Gegenwart *dieser* Frau in *diesem* Haus änderte auf einen Schlag alles.

Martha warf Salvatore einen prüfenden Blick zu, der ihn mit einem Ausdruck erwiderte, in dem die Worte lagen: »Siehst du, die Kreise schließen sich«, seine rechte Hand aufs Herz legte und eine leichte Verbeugung vor der Malerin machte.

»Ein Glas Wein?«, fragte Tabarin.

»Einen Whisky, bitte mit viel Eis!«

Tabarin machte sich an einem kleinen Tisch zu schaffen, auf dem Flaschen und Gläser bereitstanden. Seine Haltung drückte das Bewusstsein aus, dass die Malerin alles in diesem Haus zweiter Klasse fand, dass sie größere, ausgefallenere Sommerhäuser betreten und reichere Menschen kennengelernt hatte als ihn, ja, dass für sie die erste Klasse vielleicht gar nicht in *dieser* Welt lag.

Er reichte der Malerin ein Glas Whisky und setzte sich ihr gegenüber auf die Steinbank.

»Immer, wenn ich zu Ihnen komme, denke ich, dass Sie Ihr Geld fantastisch angelegt haben!«, rief

Mrs Moore aus, durch die Rundbogen auf das Meer blickend.

»Unerträgliche Hitze«, bemerkte Madame Tabarin, die den Ausdruck auf dem Gesicht ihres Mannes bemerkt hatte, der dabei war, eine Fliege zu verjagen, die sich auf einem der Pfirsiche im Korb niedergelassen hatte. Es bereitete Martha ein gewisses Vergnügen, ihn, der vor wenigen Augenblicken noch so selbstsicher und ironisch war, von Unbehagen ergriffen zu sehen.

»Eine Affenhitze!«, bestätigte Mrs Moore.

Als die Malerin sich nach Madames Muschelkunstwerken erkundigte, wurden deren Ohren rot wie Erdbeeren.

Spinellis Einbildungskraft hatte schon während des Drinks Feuer gefangen, doch in Mrs Moores Gesellschaft blühte er vollkommen auf und unterhielt die Runde. Wer ihn reden hörte, musste denken, dass er zu einer anderen Zeit hätte leben müssen, zu Zeiten Ludwigs des XIII. etwa, als Causeur mitten im Gelächter, Geflüster und Gerede eines Salons. Er selbst sah sich als Erben eines Mannes wie Vincent Voiture, Sohn eines Weinhändlers, dem eines Tages Monsieur de Chaudebonne erklärte: »Monsieur, Ihr seid zu sehr *galant homme*, um im Bürgertum zu bleiben; es ist notwendig, dass ich Sie da herausziehe.« Auf diese Weise, erzählte Spinelli, wurde Voiture in den berühmten Salon von Madame de Rambouillet eingeführt.

Salvatores Hang zu Übertreibungen, zu makabren Phantasmagorien, zu Schilderungen sexueller Aberrationen, seine Manie, Gedanken und Worte beim Reden so weit zu treiben, dass er sich in absurden Deutungen verlor, machten aus ihm einen in gefährlicher Höhe balancierenden Sprachakrobatiker, der jeden Augenblick stürzen konnte. Martha wusste inzwischen, dass dieses Vergnügen am Wort auch seinem unerschöpflichen Bedürfnis nach Geselligkeit entsprang. Denn so ironisch und nüchtern er sich manchmal gab, so gierte er nach Zuneigung, nach all dem, was ein Zusammenkommen von Menschen mit sich führt: gesellschaftliche, erotische, kulinarische, den Spott, die Eitelkeit aufreizende Erregung.

Etwas später reichte Anand eiskalten Limoncello und Bergamotte-Eis mit Kombu-Flakes herum.

»Köstlich!«, rief Mrs Moore. »Ich wusste nicht, dass Algen eine solche Delikatesse sein können! Schmeckt wie meine Mineralisierungsmaske!«

Aus der Dunkelheit tönte der Ruf eines Kauzes.

Monsieur Tabarin zog einen Stock aus einer Ecke hervor, der sich als zusammenklappbarer Feldstuhl entpuppte, nahm darauf Platz und ließ sich von Kiran einen Zigarrenkasten bringen, auf dem ihm eine Frau aus einem Palmendickicht entgegenschaute.

Er suchte sich ein kurzes, schokoladenbraunes Exemplar aus, das er von seiner dünnen Folie befreite und mehrmals beroch. Die genussvolle Sorgfalt, mit der er die Zigarre zwischen die Lippen steckte und die Beine ausstreckte, drückte seine volle Zufriedenheit mit sich selbst aus. Er war jetzt von Kopf bis Fuß ein Clubmitglied der *Tired Hedonists*, auch wenn immer noch etwas Unsicherheit in seinem Blick lag.

Langsam brannte die Glut seiner *Toscano* ein Loch in die Nachtluft.

Er nahm das Gespräch mit Martha wieder auf: »Und dann sagte meine Großmutter, die eine sehr elegante Frau war, zu mir …«

»Deine Großmutter muss eine fantastische Frau gewesen sein!«, rief die Gräfin Canosta dazwischen.

»Sie *war* fantastisch. Alle im Haus haben vor ihr gezittert«, gab er zurück.

In diesem Augenblick schien es Martha, als ob seine Zigarre nie bis ans Ende geraucht, der Mond sich niemals aus dem Rundbogen fortbewegen und der Mokka immer heiß bleiben würde.

Sternschnuppen schossen aus dem schwarzen Himmel herab und Madame Tabarin streichelte ihren Kater.

»Dieses fette Tier!«, bemerkte Tabarin.

»Wie kannst du nur so wenig Gefühl haben?«, fragte sie leise.

»Da du gerade von Gefühlen sprichst, du hast etwas zu viel Gefühl für deinen Kimono übrig!«, beendete er den kurzen Dialog und bemerkte, zu den anderen gewandt: »Ich überlege, ob man nicht eine Nachricht auf die neue Yacht in der Bucht schicken sollte, mit einer Einladung zu einem Drink.«

»Ich habe bis jetzt keinen einzigen Menschen an Deck gesehen, nur drei Hunde«, entgegnete Spinelli.

»Drei Hunde!«

Monsieur Tabarin ließ sich ein Fernglas kommen und richtete die Linse auf die Bucht. »Manchmal hat man ja Glück, manchmal kann sich auch ein intelligenter Mensch auf so einem Boot befinden!«, spekulierte er.

Um das Boot lag jene geheimnisvolle Stille, die Yachten oft umgibt. Seine Fahnen flatterten.

Dass die hellen Lichter der in der Bucht liegenden Yacht den Blick auf das Meer beeinträchtigten, empfand Madame Tabarin als persönliche Beleidigung.

»Kannst du nicht etwas dagegen tun?«, fragte sie ihren Mann. »Diese Nacht wäre perfekt ohne das grelle Licht!«

»Ich überlege doch gerade, ob wir nicht eine kurze Nachricht hinschicken sollten, mit einer Einladung«, erwiderte er.

»Why not?«, fragte sie zurück. »Wer weiß, was dabei herauskommt?«

»Leider muss man immer damit rechnen, dass man enttäuscht wird und vor allem selber unterhalten muss, statt unterhalten zu werden«, gab er wieder.

Auch der Graf erwog eine Zeit lang das Für und Wider einer solchen Einladung.

»Fernrohr!«, befahl Tabarin.

Als seine Frau ihm das Fernrohr brachte, begutachtete er lange die Lage in der Bucht. Mit angespannten Lippen versuchte er, den gesellschaftlichen Stand ihres Besitzers einzuschätzen, doch es war zu dunkel und das Boot zu grell erleuchtet, um Details erkennen zu können.

»Vielleicht haben wir ja Glück«, sagte er, wie ein Perlentaucher, der schon viele Stunden in der Tiefe des Meeres verbracht hat, »vielleicht …«

Mit hellwachem Interesse nahm Martha teil an dieser Ausschau nach der auf dem schwarzen Wasser schaukelnden Yacht.

Ein Nachtfalter segelte über die Terrasse, Musik flutete aus der fernen Strandbar zur Terrasse hinauf.

Die Gräfin überprüfte in einer Ecke der Terrasse ihr Instagram-Profil. Madame Tabarin setzte sich im Schneidersitz auf den Boden und steckte die zweite Zigarette des Abends in ihr Mundstück, das sie in einem kleinen Leinenbeutel aufbewahrte, den Martha auch gerne gehabt hätte.

Die Zigaretten hatte ihr Tabarin aus Bali mitgebracht. Rauchwolken woben in- und auseinander, durch die Rundbögen in die heiße Nacht hinaus.

»In solchen Nächten möchte man nicht ins Bett gehen«, bemerkte die Gastgeberin mit einem langen Blick auf den Mond, der von ihr den Auftrag erhalten zu haben schien, just in diesem Moment seinen Auftritt in einem der Rundbögen zu haben.

»Wie schön!«, bemerkte der Graf Canosta. »Man bekommt Herzklopfen bei diesem Anblick!«

Tabarin warf ihm einen einäschernden Blick zu, in dem zu lesen stand, dass der gute Ton es verbiete, das Wort »schön« zu benutzen, vor allem in Bezug auf den Mond. Dann sagte er einen Limerick auf.

»There was an old Man on the border, who lived in the utmost disorder; He danced with the cat, and made tea in his hat, which vexed all the folks on the border. «

»Limericks: meine Leidenschaft!«, rief die Gräfin Canosta. »Ich könnte im Leben auf alles verzichten, nur nicht auf Limericks! Cheers!«

»Cheers!«

»Wartet! Ich habe auch einen auf Lager!«, rief Canosta.

»While Titian was mixing rose madder,
his model reclined on a ladder.
Her position to Titian

Suggested coition,
So he leapt up the ladder, and had'er.«
»Der ist fantastisch!«, rief Spinelli.
»Und der hier?«, fragte Mrs Moore und zitierte:
»There was a young fellow of Crete,
Who was so exceedingly neat.
When he got out of bed,
He stood on his head,
To make sure of not soiling his feet.«

Als Madame Tabarins Glas umfiel und die nach Anis duftende Flüssigkeit sich bis vor den Feldstuhl ihres Mannes verlief, starrte er eine Weile mit dämonischem Behagen auf das Rinnsal und bemerkte: »Manchmal frage ich mich, ob du nicht etwas *zu* leichtsinnig handelst!«

»Melde dich morgen bei mir«, sagte Mrs Moore zu Spinelli, als sie sich erhob, um zu gehen. »Dann machen wir aus, wann du mich mit Martha besuchen kommst. Vielleicht hat sie Lust, mir Modell zu stehen. Ich wohne nicht weit von hier.«

In ihr Zimmer zurückgekehrt, hallte es dumpf von den Brandungen wider. Nachtfalter schwirrten um die Lampe auf dem Nachttisch. Martha setzte sich vor das offene Fenster. Befreit von den strengen Gesetzgebungen dieses Hauses, dachte sie über den Abend nach, über die Canostas, Mrs Moore und Tabarin, dessen *Eau de Cologne* ihr noch in der Nase haftete. In gewisser Hinsicht war sie ihm dankbar, dafür, dass er immer aufstand, wenn sie sich vom Tisch erhob, dafür, dass er nie vergaß, ihr Wein nachzuschenken, dafür, dass er nie in ihrer Anwesenheit gähnte, und dafür, dass er nie auf den Schirm seines Smartphones schaute. Sicher, er trug seinen alten Kopf mit dem schwarz nachgefärbten Haar sehr hoch, doch trägt nicht auch ein Kakadu seine Krone und ein Hahn seinen Kamm sehr hoch? Wie auch immer, sie hatte sich Einblick in das Leben ihrer ungewöhnlichen Gastgeber verschafft. Wie ein begeisterter Forscher, der bis zu den letzten Geheimnissen seines Gebiets vordringen will, verzehrte sie jetzt die Neugier darauf, was ihr die nächsten Tage bringen würden.

Bevor sie ins Bett ging, schlug sie die Biographie über Diana Cooper auf, in der sie auf eine Briefstelle stieß, die sie mit sich selbst in Verbindung brachte: »Deine Rolle besteht darin, alle Rollen gleichzeitig zu spielen. Einen Tag bist Du Katharina von Russland, den nächsten Mimi von Böhmen, manchmal Kleopatra, manchmal Desdemona, zuweilen Julia, zuweilen Portia, nie Cordelia.«

An den folgenden Morgen stand Martha vor Sonnenaufgang auf, um an die unterhalb des Hauses gelegene Bucht zu gehen und weit hinaus ins Meer zu schwimmen.

Aus dem Wasser hörte sie das Krähen eines fernen Hahns und die Schreie eines Esels. Zu dieser Stunde, wenn der Himmel die Farben einer Kirschblüte durchlief, lag über der Bucht das kalte Licht des frühen Morgens. Die Pinienstämme schienen schwarz, doch wenn die Sonne aufstieg, leuchteten die Bäume grün, funkelten mit einem Schlag die Wellenkämme und durchstrahlte der Schein das Wasser bis auf den sandigen Grund.

Vom Meer aus gesehen, hatte das weiße Haus auf dem Felsplateau etwas von einem Tempel.

Wenn Martha zurückkehrte, sah sie Madame Tabarin auf der Terrasse die Sonne begrüßen. Hier, unter dem Echo des Rufs der über der Bucht kreisenden Raubvögel, dehnte und streckte sie ihren Körper, um ihn in vollkommen geometrische Stellungen zu bringen. Mit jedem tief eingesogenen Atemzug kostete sie die Empfindung aus, ihren Körper als ein Gefäß höheren Bewusstseins wahrzunehmen. Im aufsteigenden Sonnenlicht, angeweht von den nach und nach wärmer werdenden Brisen, schwebte sie in der Stellung der Krähe über sich selbst.

Madame arbeitete an ihrem Körper wie ein Yogi. Es war, als trüge sie unaufhörlich das ideale Ebenbild ihrer selbst vor sich her, an dessen Vollkommenheit sie sich maß und dressierte. So hatte sie im Lauf der

Jahre die Gelenkigkeit einer Gliederpuppe und den Blick eines Derwischs erhalten.

Wäre sie frei gewesen von ihren Pflichten als Ehefrau, hätte sie stundenlang mit dem Ernst eines Kampfmönchs in regloser Meditationsstellung verharrt und die Kuppen ihrer mageren Zeigefinger an die Kuppen ihrer hageren Daumen gepresst. Doch Schlag neun Uhr erklang der Ruf ihres Mannes aus dem Schlafzimmer.

Dann eilte sie in die Küche und erteilte Anand, auf dessen Gesicht der Widerschein buddhistischer Tempelfresken zu liegen schien, den Auftrag, das Frühstück, je nach Witterung, am Eisentisch unter dem Feigenbaum im Garten oder vor einem der hohen Rundbögen der Terrasse zu servieren.

Um etwas Außerordentliches zu leisten und sich zugleich am Leben zu erfreuen, ist Gesundheit vonnöten. Geld verdoppelt den Genuss an einem einwandfrei funktionierenden Körper. Als Frau von disziplinierter Natur verwendete auch Madame Tabarin in Hinblick auf den vollen Genuss am Leben das Geld und die dank ihm zur Verfügung stehende freie Zeit dazu, kein Spielball des Augenblicks zu werden. Der von ihr erdachte, täglich hartnäckig eingehaltene Tagesplan schloss das Unvorhergesehene, schloss das Extempore als etwas Feindliches aus. Nur in strenger Befolgung dieser Stundeneinteilung gelang es ihr, den größten Gegner des Lebens, die Unordnung, zu bekämpfen. Um es nicht bis zur Schwelle ihrer Häuser und Wohnungen vordringen zu lassen, stellte sie dem Chaos von vornherein ein Bein. Es war ihr Mann, der sie die Kunst gelehrt hatte, die einzelnen Minuten des Tages wie auf Kork zu spießen.

Wenn Tabarin in seinem sizilianischen Sommerhaus beim Aufstehen die Füße auf die Dielen unterhalb des Bettes setzte, zog schon der Dampf des Kaffees als Bote die Treppenstufen zu ihm hinauf und drückte sich unter den Türspalt des Badezimmers, wo er gleich darauf im Dunst des nach Sandelholz riechenden, heißen Waschwassers stand, die Wangen mit Rasiercreme einschäumte und die Klinge an das gestreckte Kinn setzte. Ein Tropfen Blut saugte sich rot und rund zwischen den Fasern eines kleinen Leinenhandtuchs fest. Jede Bewegung ging rasch und reinlich vor sich. Jeder Blick unter den schwarzen Augenbrauen hervor in den Spiegel wurde blau und fest erwidert. Zum Genuss an der Morgenrasur trugen der zu einer Bürste verarbeitete Panzer einer alten Schildkröte und die Fellhaare eines jungen Bibers bei. Golden schimmerten die Lettern auf dem Etikett des *Eau de Toilette N°89* von *Floris*. Ein blendend weißer, dunkelblau gesäumter Pyjama von *Anderson & Sheppard* hing als Larve des schlafenden Geschäftsmanns am Haken der Badezimmertür. An dem Flakon, an dem Stück Seife, an dem Rasiermesser und an der Bürste hafteten Geschichten von Herrengeschäften aus der Jermyn Street oder an der Place Vendôme, deren Gründer sich in den Dienst von Königen und Prinzen, von eitlen Abenteurern und snobistischen Hochstaplern gestellt hatten.

Wie der Sohn des Priamos den ehernen Panzer, so legte Tabarin eines seiner Hemden mit Monogramm an und stieg dem Frühstück entgegen.

Sobald der Widerhall von seinen Schritten auf den Treppenstufen ertönte, wurde ein Tablett mit zwei

Teetassen, einem Glas Mandarinenmarmelade, einem Korb mit gerösteten Brotscheiben, einer kleinen Silberschale mit Ziegenmilchjogurt und einer Silberkanne Kaffee zu der von Madame Tabarin ausgesuchten Frühstücksbastion hinausbalanciert.

Eine Schale mit Ziegenmilchjogurt: zweifellos das Frühstück einer Masochistin. Doch da Madame Tabarins Devise lautete, dass im Leben einer Frau die Wespentaille maßgebend sei, staunte kein Gast über dieses karge Mahl. Er sah ja, dass nicht ein Gramm unnötiges Fleisch ihre Beckenknochen umgab.

Sie leistete ihrem Mann jedoch nur Gesellschaft, wenn er es wünschte. Er wünschte es nicht immer, da er es oft liebte, ungestört seiner Lust nachzugehen, in einem ihn nie ermüdenden Buch zu blättern, auf dessen Seiten ihm Sir Francis Laking Bart, der an einer Überdosis von gelbem Chartreuse gestorben ist, oder der junge Aga Khan, an der Seite von Rita Hayworth, begegneten. Aus diesem Buch erfuhr er, dass am 14. April 1943 die Herzogin von Roxburghe ihr Bein auf dem Weg von Floors Castle zu einer Kriegskonferenz gebrochen oder dass am 15. Dezember 1952 die Hochzeit zweier ehemaliger Peers stattgefunden hatte: die vierte Hochzeit des achtzigjährigen Philosophen Earl Russell mit Miss Edith Finch, die zweite des zweiundachtzigjährigen Marquis von Bristol mit Señora de Zulueta.

Es war klar, dass der Besitz eines in einem italienischen Kurort gelegenen Hotels, das *Paradies* hieß, nur eine Nebenbetätigung war, dass Tabarin anderen, dunkleren Geschäften nachging. Diese Geschäfte, über die er völliges Stillschweigen bewahrte, ließen sich am Frühstückstisch zu Hause oder am Tisch eines Restaurants in Istanbul oder Paris erledigen. Wann immer er ein Geschäft abschloss, überquerte er, wie er es ausdrückte, einen Wendekreis. Zwischen einem Handel und dem nächsten lag Zeit genug, sich um den Stoff zu kümmern, aus dem ein Leben gemacht ist: um sich selbst. Behilflich dabei waren ihm die zwei nepalesischen Angestellten und sein persönlicher, auf der *Devil's Kiss* angestellter Butler.

War das Frühstück beendet, das Mittagessen aus rohem Gemüse mit den Hausdienern besprochen, ein prüfender Blick durch die hohen Räume geworfen, fuhr Madame Tabarin zum Hafen. Manchmal begleitete Martha sie, immer auf der Suche nach Motiven.

In einem Bikini aus welkgrünem Blümchenstoff machte Madame dann ihren Kahn mit dem weißen Segeldach los und steuerte, an den steil abfallenden Felsmauern und Klippen entlang, auf einsame Buchten zu.

Ihr großer, hagerer Körper tauchte in dem kleinen Boot in Blau ein. In ihren hellgrauen Augen spiegelten sich nur noch Himmel und Wasser, Wasser und Himmel.

Sobald sie Lust hatte, an Land zu gehen, warf sie vor dem jeweiligen Strand den kleinen Anker mit seiner Kette ins Wasser, sprang ins Meer und schwamm zum Strand.

Hier spähte sie an den Felsriffen nach Seeigeln aus, knackte die Stachelhäuter mit einem spitzen Stein auf und schlürfte die Keimdrüsen aus, so, wie sie es als Kind mit ihren drei Schwestern in den Sommerferien an der Cote d'Azur gelernt hatte.

Im Schatten eines Felsens sitzend, blickte sie ängstlich und glücklich um sich – bald würde auch dieser Sommer vorbei sein! – und hielt Ausschau nach Muscheln für ihre Sammlung. Es war schon lange her, dass sie sich eine zweite Welt aus Muscheln geschaffen hatte. Die Gleichgewichtsübungen, die sie vor Sonnenaufgang machte, standen in Verbindung mit den Muschelkunstwerken. Bindung und Freiheit hielten sich die Waage. Wo ihr Mann auf seinem Weg zum Badezimmer störende Haufen sah, erblickte sie Wunder.

Bei der Rückkehr in den Hafen, wenn die nassen Haarsträhnen wie Seetang vor ihren Augen hingen und auf ihrer dünnen, weißen Haut eine sprühfeine Salzschicht trocknete, stieg der sie an der Kaimauer erwartende Anand in den Kahn und hob die gesammelten Muscheln heraus, als handelte es sich um Glasglocken.

Zu Hause angelangt, setzte sich Madame Tabarin in einem Pareo auf den Terrassenboden und ordnete ihre Beute.

An manchen Mittagen, wenn es in der glühenden Hitze so still um das Felsplateau war, dass das ferne Gackern der Hühner eines wer weiß wo gelegenen Hühnerstalls zu hören war, setzte ein Motorboot an der Bucht unterhalb des Hauses einen Geschäftsmann ab.

Tabarin stand dann zum Empfang auf der Terrasse bereit. Auf seinem Nasenrücken saß eine schwarz gerahmte Brille, vielleicht, um durch ihre Gläser genauer verfolgen zu können, wie sich sein Glücksrad in Bewegung setzte. In dem nur von ihm wahrnehmbaren Klappern des Rades würde er ein Glas *Bloody Mary* an das des Gastes stoßen.

An solchen Tagen wurde das gemeinsame Mittagessen auf der Terrasse übersprungen.

Madame klappte dann die Fensterläden ihres Zimmers zu und zog sich darin zurück. Sie liebte es, im dämmrigen Licht zu liegen, in Vorfreude auf eine Tasse Tee, die sie etwas später auf ihrem Schreibtisch vorfinden würde.

Um fünf Uhr, wenn Monsieur Tabarin mit seinem Gast Kaffee trank, setzte sie sich auf das distelfarben bezogene Sofa ihrer Großmutter ins Licht der durch die Lamellen eindringenden Sonnenstrahlen. Rechts von ihr leuchtete ein aufgeklappter *Apple*-Computer, links von ihr lag ein *iPhone XR* und vor ihr tönte leise Elektromusik aus einem *Bose*-Verstärker. Technisch war Madame immer auf neuestem Stand. Zwischen den surrenden und pulsierenden, blinkenden und blendenden Geräten lagen einige Bücher.

Wie eine weibliche Wiedergeburt des Heiligen Hieronymus, der in Gesellschaft eines Löwen in seiner Waldeinsiedelei las und studierte, beugte sich Madame Tabarin in Gesellschaft ihres Katers über Astrologie- und Yogabücher. Sie wälzte die ewigen Rätsel der Sterne hin und her, von dem kindlichen Willen besessen, die dunklen Fragen des Schicksals zu lösen. Sie setzte ihr Ziel so hoch, dass ihr in der Höhe jeder Sinn für das Wirkliche abhandengekommen war.

Ihre langen, weißen Finger schrieben ab, schrieben auf und brachten Spekulationen zu Papier. Ihre Schrift erinnerte an die eines alten japanischen Schriftstellers, der seine Buchstaben mit einem Tuschepinsel auf das Papier legt.

Jeden Nachmittag geriet ihr Kopf in einen dichter und dichter werdenden Wirrwarr aus karmischen Verschlingungen, aus dem sie vielleicht nie wieder herausfinden würde.

An diesen Tagen, wenn sie nicht mit ihren Gastgebern und den Canostas zu Mittag aßen, gingen Spinelli und Martha unter der brennenden Sonne in ein im nächsten Dorf gelegenes Lokal.

Ihr Weg führte über einen ehemaligen Eselspfad. Sie sahen Rosenkäfer und laubfarbige Schleichen. Da war der wilde Salbei mit seinen aufrechten, von dichtem, weißem Flaum überzogenen Stängeln, da war der Frauenspiegel, der schmalblättrige Natternkopf, die Sonnenwende oder das Herbst-Teufelsauge, alle erfüllten die Luft mit ihrem Geruch als ätherische Quintessenz des Sommers.

Das Lokal wurde von der Urenkelin eines zu Beginn des zwanzigsten Jahrhunderts aus Smyrna hierher geflohenen Stoffhändlers geführt.

Lilli war klein von Wuchs und trug strahlend einen riesigen Zinken im Gesicht. Unterhalb des kleinen Massivs ragten ungewöhnlich große Zähne zwischen ihren dicken Lippen hervor, die mit ihren saugenden, schnalzenden und lutschenden Geräuschen, wie ein vom Rest des Körpers unabhängiges Organ, einem eigenen Leben nachzugehen schienen.

Ihr Lokal, das sie in schwarzen Flip-Flops durchquerte, hätte auch mitten in Manhattan liegen können mit seinen roten Ledersesseln, den runden Marmortischen und den großen Topfpalmen. Die Karte bot neben Wein- und Biersorten, neben Tomatensalat und *arancini* auch Spirulinasmoothies, Collagendrinks und Müsli mit Chiasamen.

Lilli sagte zu fast allem «Wow!« und war mit einem Mann liiert, der in Palermo ein kleines Hotel führte.

Jeden Morgen fuhr ihr Sohn mit einem Lastwagen vor das Lokal und lud Weinflaschen, Gemüse, Zitronen, Zucker und Gewürze aus.

Es gibt Menschen, die schwach werden, wenn sie zu Mousse verarbeitete Krabben oder marinierten Lachs vorgesetzt bekommen. Martha wurde schwach, wenn sie ein Stück Brot, ein Stück Käse und ein Glas Weißwein vor sich hatte.

Immer, wenn sie bei Lilli saßen, tranken Martha und Spinelli etwas zu viel und sprachen über ihre Gastgeber.

»Er ist Zwilling, vergiss das nicht«, sagte er, »doppelt in allem, zweischneidig.«

»Und sie?«

»Löwe!«

»Ich habe versucht, nach ihr zu googlen, aber da kommt nichts heraus, ganz zu schweigen von ihm.«

Sie bestellten frittierte Zucchini und eine Flasche *Grecanico*.

»Und wie alt ist Tabarin?«

»Ich schätze, um die achtzig.«

»Kaum zu glauben.«

»Geld hält jung.«

»Dorothy Parker hat vielleicht das Klügste über Geld geschrieben: Wenn du wissen willst, was Gott über Geld denkt, dann guck dir bloß die Leute an, denen er es gegeben hat.«

»Wie lange bleiben die Canostas noch?«

»Bis morgen. Ich weiß übrigens nicht, wie Canostas Vater auf den Einfall kam, seinen Sohn mit so abgrundtiefer Dummheit auszustatten.«

»Er scheint ein treuer Ehemann.«

»Bei der Dummheit ist das kein Wunder. Er schafft es nicht einmal bis zum Gedanken der Untreue.«

»Du bist bösartig.«

»Nein, ich besitze nur einen inneren Standort, der von fast allen Menschen gleich entfernt liegt und mir daher einen weder zu nahen noch zu weiten Einblick in ihre Natur verschafft.«

»Übermorgen soll der heißeste Tag des Jahres sein.«

»Dann trifft es sich ja gut, dass wir den Ausflug auf der *Devil's Kiss* machen.«

»Wohin fahren wir?«

»Ich glaube, nach Palermo. Und morgen früh sind wir beide bei Leonora eingeladen. Um zehn.«

»Leonora?«

»Mrs Moore!«

Grüne Essenzen

Am folgenden Morgen erschien Spinelli mit einem Strohhut auf dem Kopf. Er hielt einen Strauß Lilien in der Hand, der vor seiner Brust wie auf einem Grabstein blühte und duftete. Die Blumen, die Anand in seinem Auftrag für ihn gekauft hatte, waren für Leonora Moore.

Es war genau zehn Uhr, als Spinelli und Martha durch ein hohes Eisentor traten, das sich auf eine lange, dunkle Zypressenallee öffnete, die zu einer hohen Mauer führte, vor der ein weiter Platz lag, auf dem eine Pinie ihre Zweige über einem runden Eisentisch und vier Stühlen ausbreitete. Etwas hier erinnerte an den Vorplatz einer mittelalterlichen Klosteranlage.

Die Mauer war von einem Torbogen durchbrochen, unter dem eine alte Lampe aus blauem Glas anzeigte, dass hier die Grenze, der magische Übergang zu einer anderen Welt war: zum Garten von Mrs Moore.

In dem von Lorbeerbäumen und Zypressen umwachsenen Buchsbaumlabyrinth, dessen einzelne Bäumchen, mit ihren zu Bällen geschnittenen Köpfen, in Ausdruck und Haltung an die Schwarze Königin aus *Alice im Spiegelland* erinnerten, roch es nach Harz. Mitten im Sommer war es hier kühl wie in einem Wald. Eine cappuccinofarbene Katze kam ihnen entgegen, die sich rücklings vor ihre Füße legte, die Pfoten zur Brust zog, ihren Schwanz von links nach rechts schwang und sie aus ihren grünen Augen anblinzelte. In den Bäumen summte und surrte es von Bienen und Wespen. Eidechsen huschten über die Mauern, Tauben gurrten, Krähen krächzten und schwarze Käfer saugten an den Blütenschäften der weißen *Calla*. Mit jedem ansteigenden Grad weckte die Sonne eine weitere Zikade.

Auf ihrem Weg durch das Labyrinth blieb Martha vor einem Brunnen stehen, auf dessen grünem Wasser braune, von Krankheit gesprenkelte Ligusterblätter über einem verwunschenen Dorf trieben, das sich am Beckengrund gebildet hatte: eine im Schatten von Farnen gelegene, aus Grotten und Höhlen bestehende Ansiedlung mit Brücken aus vermodernden Blättern, Straßen aus Moos, Standbildern aus morschen Zweigen, Gärten aus grünem Gespinst und Zirkuszelten aus teegrünen Stoffbahnen.

Als sie an der Tür der roten Villa klingelten, mahnte Spinelli leise: »Nur damit du es weißt, Leonora lebt völlig zurückgezogen und kann manchmal sehr scharf reagieren, wenn man sie langweilt.«

Wie vor einigen Abenden war Mrs Moore auch jetzt höchst elegant gekleidet. Sie trug ein fliederfarbenes Sommerkleid, an dessen Kragen eine goldene Brosche geheftet war, deren Oval einen Granatapfelbaum aus winzigen Mosaiksteinen umfasste.

»Warum trägst du diesen komischen Hut? Du siehst irgendwie tragisch damit aus«, meinte Mrs Moore zu Spinelli, einen missbilligenden Blick auf seinen Strohhut werfend, den er nach diesem Besuch nie wieder anzog und als Reliquie seiner Lächerlichkeit auf einem Schrank verstaute.

»Kommt herein!«

Wieder fühlte sich alles in Martha zu dieser kleinen Frau mit dem schwarzen, seidigen Haar hingezogen. Seit dem Tod ihres Großvaters hatte sie eine

Vorliebe für Menschen, die sich in ihrem Jahrhundert weniger gut fühlen als in einem vergangenen, das sie aus Büchern oder Bildern kennen. Martha mochte Menschen, die sich nicht so leicht damit abfinden können, dass Dinge und Lebewesen verschwinden, und sich nicht mit dem Versprechen trösten lassen, dass die Zukunft Besseres und Schöneres bringt.

Mrs Moore ging den Gästen durch einen dunklen, rechts und links von hohen Bücherregalen gesäumten Flur zu ihrem Atelier voraus, das hinter einer grau lackierten Tür lag.

Martha verschlug es den Atem, als sie den hohen Raum betrat, dessen Wände von oben bis unten mit dicht nebeneinandergehängten, schwarz gerahmten Bildern bedeckt waren, aus denen sie, wie Frösche aus hohem Gras, niemals zuvor gesehene Grüntöne ansprangen. Da war eine Eidechse von einem Grün, als hätte die Malerin es von den Schuppen ihres Vorbilds abgekratzt, da war das Grün einer Wasseragame, das aus einem stehenden Gewässer des tropischen Regenwalds geschöpft zu sein schien, da war das dunkle, etwas kratzige Grün eines Farnblatts, das ölige Grün eines Krötenrückens und das saftige, pralle Grün eines Bananenblatts.

Martha ging an einer Waldlichtung, an einem von Libellen umflogenen Tümpel und an einem schilfumsäumten Teich vorbei. Schmetterlinge schwebten ihr aus den Rahmen entgegen, der Flügel eines Paradiesvogels flatterte neben ihr auf und eine blutrote Hibiskusblüte neigte sich ihr auf einem dünnen Stiel entgegen. Ein winziger Teil dieser Welt spiegelte sich in einem Wassertropfen wider.

Blitzende, metallisch glänzende Insektenfarben, irisierende Schmetterlingsfarben oder leuchtende Blütenfarben schienen um die Wette einer nicht zu übertreffenden Intensität entgegenzustreben. Da der Hintergrund der Bilder dunkel war, lenkte nichts den Blick von den leuchtenden, mit äußerster Präzision gemalten Insekten, Blumen und Früchten ab, die mit dem Bestreben gemalt schienen, sie haptisch erfassbar zu machen. Einige Motive schienen nach vorne zu greifen, in den Raum des Betrachters hinein. Die Malerin hatte die Technik der Farbabstufung und Schattierung so perfektioniert, dass sie fast abstrakte Farbharmonien hervorbrachte.

Der Ausspruch von Katherine Mansfield, dass »die Welt wunderschön ist – bis auf die Menschen«, kam Martha beim Anblick der gemalten Vögel, Insekten und Pflanzen in den Sinn. Zwischen Blumen und Tieren bestand eine augenfällige Verwandtschaft: Manche Rosen erinnerten an Schmetterlinge, manche Schmetterlinge an Rosen.

In der warmen Luft der hohen Wände, zwischen denen es nach Ölfarbe, Leinwand, Terpentin und frischem Holz roch, lag etwas von der konzentrierten Stimmung eines alchemistischen Labors, wo in großen und kleinen Glasbehältnissen lebenserhaltende Destillate und Essenzen aufbewahrt werden, die den Geist der Heilung, vielleicht den Geist eines ewigen Lebens bergen.

Wie ein kleiner, voller Abenteuer und Geschichten steckender indischer Wanderzirkus, der das Land durchquert und in jeder größeren Ortschaft sein Zelt aufbaut, das mit seinem Geruch nach Löwenfell, Pferdemist, Manegenstaub, Schweiß und Schminke die Phantasie der Kinder erregt, so war Martha von diesem Atelier erregt, wo sie begriff, was ihr Großvater meinte, wenn er von künstlerischer Meisterschaft sprach. Vor diesen Bildern wurde ihr klar, dass ein guter Künstler, wie Mr Oberon gesagt hatte, nichts zu erfinden braucht, weil er in jedem Schneckenhaus auf größere dichterische Fülle als in seinem Gehirn stößt. Sie las den Bildern die Überzeugung der Malerin ab, dass diese Welt einen Sinn hat, dass dieser Sinn in der Anschauung liegt und dass es vollendeter Blödsinn sein könnte, sich einzubilden, dass es etwas Kunstvolleres und Traumähnlicheres als die Wirklichkeit gibt.

Einem Gärtner ähnlich, der mit der Spitzhacke ein Loch gräbt, war die Malerin offensichtlich auf jenen Grund in sich gestoßen, wo die Wurzeln zu treiben beginnen. Sie trachtete danach, nicht nur die Oberfläche ihrer Motive exakt wiederzugeben, sondern ihnen bis ins Innere zu folgen, sie mit ihrem dichten Pinselstrich zu durchdringen und in ihrer Wesenhaftigkeit auf die Leinwand zu bannen. Unter allen Künstlerinnen, die Martha kennengelernt hatte, war Mrs Moore die Einzige, die es wagte, die Richtung der Tiefe einzuschlagen, »als der einzigen Richtung, die uns nicht verschlossen ist und in der wir, mit größerer Mühe freilich, zu einer Wahrheit vorzudringen vermögen«.

Unabhängig von dem Land, wo die Malerin auf ihre Motive gestoßen war, unabhängig von der Tatsache, dass sie sich aus der Komplizenschaft mit dem tyrannischen Phantom des Zeitgeistes gelöst hatte, beschrieben diese Bilder eine psychische Gegend, die im Betrachter selber lag, eine Gegend, in der ihm bewusst wurde, dass das Leben ein über ihn gekommenes Wunder war, das sich in jedem Moment in nichts auflösen konnte.

Je länger Martha vor den Bildern stand, desto mehr schienen ihr die schwarzen, vierzig mal fünfzig Zentimeter messenden Rahmen Fenster zu jenem Paradies zu sein, von dem Dostojewski behauptet, dass wir uns alle in ihm befänden, es aber nicht wissen wollen, weil sonst morgen schon die ganze Erde ein Paradies wäre.

Wie in dem kleinen Haus ihres Großvaters hatte sie auch im Atelier von Mrs Moore das Gefühl, an einem Ort der vollkommenen Ruhe, doch auch des Widerstands angelangt zu sein, des Widerstands eines Menschen, der sich keinem Zeitgeist ergab.

Mitten im Atelier, auf dessen Holzfußboden der Schatten der geschwungenen Balkonbrüstung lag, stand ein runder Tisch, auf dem ein Strauß weißer Rosen seine großen, schweren Blüten über den Rand einer blauen Glasvase hängen ließ. Das Tischbein war von einem Dackel angenagt, der unter einem grün bezogenen Sofa schlief, von dem sich ein fuchsienrotes Kissen abhob. An der Zimmerdecke bewegten sich die Reflexe aus dem Brunnenwasser im Garten. Rechts von der offenen Balkontür standen die Staffelei, ein Stuhl und ein Tisch, auf dem eine Palette, Farbtuben, Pinsel, Schwämme, Stifte und anderes Material lagen. Links davon lehnte ein schwarzer, japanischer Lacksekretär, auf dem Fotos von Mrs Moores Eltern und Großeltern standen. Über ihm hing ein lebensgroßes Bild von ihrer Tante, eine Vision aus Tüll und Perlen.

Gemeinsam mit dem morastigen Geruch aus dem Brunnen, in den sich der Duft der mitgebrachten Lilien mischte, flutete die Sonne durch die langen Bahnen der weißen Vorhänge, die an zwei abgetragene, schon etwas fadenscheinige Ballkleider erinnerten. In diesem Licht wirkten die Bilder an den Wänden, als schlüge ein kleines, pochendes Herz aus Ölfarbe in ihnen. Der Sonnenschein glomm im kobaltblauen Flügel eines Vogels, blitzte im Rot einer Nelke auf und brachte das Gelb einer Kapuzinerkresseblüte zum Glühen.

Fliegen summten durch den Raum und Staubpollen trieben als winzige Geister durch die Luft.

Mrs Moore deckte den Tisch mit Teegeschirr und stellte drei bequeme Sessel um ihn herum.

»Jetzt kannst du dir vorstellen, was Leonora von Madames Kunstwerken hält«, bemerkte Spinelli zu Martha, die noch vor einem Bild stand.

»Zu ihrer Vollkommenheit fehlt nur, dass Tabarin sie zertritt«, sagte die Malerin, als sie den Tee einschenkte und Martha zurief: »Komm und setz dich! Setz dich auf diesen Sessel! Von hier kannst du alles gut sehen!«

Zum Tee gab es Mandelgebäck und kleine, runde Milchbrötchen mit Sardinenbutter.

Wie stark die Lilien dufteten! Und wie ruhig und friedlich es in diesem Raum war! Aus dem Haus ihres Großvaters war Martha den konzentrierten Druck gewohnt, den die Gegenstände in seinen Räumen ausstrahlten, wo jeder Sessel und jedes Buch ein Bewusstsein seiner eigenen Existenz gehabt zu haben schien, doch in dem Atelier von Mrs Moore war die Atmosphäre noch dichter, wie von Orangenblüten in einer schwarzen Schachtel.

Während Martha Mrs Moore betrachtete und dabei wieder an einen Regenschirm denken musste, klang das Geläut von fernen Kirchenglocken durch die Balkontür und hallte zwischen den Wänden wider.

Die cappuccinofarbene Katze trat ein und die Malerin hob sie wie ein Baby vom Boden auf.

Als Spinelli aufstand, um in der Küche noch Tee zu machen, klemmte Mrs Moore sich eine schmale, runde Brille mit Goldrand auf die Nase und betrachtete Martha mit einer Aufmerksamkeit, die fast etwas Beleidigendes gehabt hätte, wenn die junge Frau in diesen Augen nicht eine neugierige Liebe zu allem, was ihr Interesse weckte, erkannt hätte. Martha sah vor sich, wie sich diese Augen, wenn die Malerin vor einer Leinwand saß, zu grauen Schlitzen verengten.

»Spinelli hat mir von deiner Unzufriedenheit mit dem Malkurs erzählt. Wenn du Lust hast, könntest du mir Modell stehen und Malunterricht bei mir nehmen. Du kommst vielleicht gerade im richtigen Moment, nach langer Zeit male ich wieder an einem Porträt. Es ist das Bildnis eines Mädchens, das mit dreiundzwanzig an einer Überdosis Kokain umgekommen ist. Sie war die erste Liebe von Tabarin, vielleicht die einzige große Liebe seines Lebens. Obwohl er mich nicht sehr mag, hat er mich zu dieser Arbeit fast gezwungen, in der Wahnvorstellung, nur ich könne das Bild von ihr malen. Ich habe viele Fotos von ihr, aber du könntest mir für einige Details Modell stehen. Mir fehlen noch die Hände und der Ausdruck in den Augen. Spätestens Ende August möchte ich damit fertig sein. Salvatore sieht übrigens blendend aus! Er ist ein zauberhafter Mann!«

Mrs Moore warf Martha ein strahlendes Lächeln zu und bemerkte mit der ihr eigenen Schärfe: »Die Gesellschaft von Männern ist etwas sehr Angenehmes, aber sie nimmt einem auch viel Zeit weg. Wenn du wirklich vorhast, das Malen zu lernen, rate ich dir von allen Malkursen und der Gesellschaft unbegabter Männer ab.«

Die ganze Zeit schon hatte Martha die Witterung eines Lebens in Ordnung und Konzentration wahrgenommen, doch nach den letzten Worten der Malerin stiegen Bilder in ihr auf, klar und deutlich, wie nacheinander aus einer Schachtel zu Boden gleitende Spielkarten. Sie sah, wie sie die Tür eines Zimmers hinter sich schloss, sich vor eine weiße Leinwand setzte und begann, einen Farbton an den nächsten zu fügen. Niemand, sagte sie sich, würde in ihre Einsamkeit einbrechen dürfen, in der sie sich eine zweite Welt einrichten wollte, deren topographischer Mittelpunkt ihre Augen sein sollten. Von nun an wollte sie alles dafür tun, damit der sich aus der Anschauung nährende Geist niemals in ihr austrocknen würde. Es sollte kein Tag mehr vergehen, an dem sie nicht ihre Rechte auf jene dichterische, in der Wirklichkeit liegende Fülle behaupten würde, auf jenes stets von neuem faszinierende, am Rand des Traumes liegende Terrain der Realität. Nur *ein* Gedanke beschäftigte Martha jetzt, nur *ein* Vorhaben beseelte sie: Mrs Moore Modell zu stehen und malen zu lernen.

Die drei Stunden in Mrs Moores Atelier eröffneten so etwas wie eine neue Zeit in Marthas Leben, das ihr von diesem Morgen an in einem anderen Licht erschien. Sie spürte, dass es keine zufällige Fügung gewesen sein konnte, diese Frau zu treffen, wie es auch kein Zufall gewesen war, dem sonderbaren Spinelli begegnet zu sein.

Gewöhnlich sind Boote von Milliardären Monumente schlechten Geschmacks, auf dem Meer dahintreibende Kühlschränke. Doch Tabarins eines Tages nach der weiteren Überquerung eines Wendekreises erworbene, an einen Dampfer erinnernde Yacht war von einer dezidiert rückwärtsgewandten Architektin eingerichtet worden, mit dem Auftrag, sie mit allem zu versehen, was in seinen Augen für die auf dem Meer verbrachte Zeit notwendig war.

Unter ihrer Aufsicht war auf dem Boot ein Rauchzimmer entstanden, an dessen holzgetäfelten Wänden Gouachen und Veduten zu hängen kam. Eine der Kabinentüren öffnete sich auf einen indischen Urwald. Tropenfeuchtigkeit schien aus der Palmenwaldtapete von *Zuber* zu dringen. Mit ein wenig Phantasie hörte man aus ihr Papageienschreie und das Knacken von Bambusrohr heraus. Die Kokosfasern des Teppichs drückten sich unter den nackten Füßen in die Sohlen. Geruch von Bienenwachs durchdrang die Luft. Die Türknäufe aus Messing glänzten. Neben den Schlafkabinen befanden sich auf der Yacht noch ein kühler Kinosaal, ein kleines Bücherkabinett und ein großer Salon.

Tabarin hatte allen Räumen seine Ideale und Sehnsüchte einprägen lassen. Hier, wo die Ordnung ins Absolute gesteigert war, hatte die Architektin es verstanden, aus jedem Klosett einen Ort des Vergessens zu machen, mit den Lichtverhältnissen eines Hammams. Auf einem Klo der *Devil's Kiss* musste auch der profanste Gast über die Schönheit des Lebens nachzudenken beginnen.

Durch den Türspalt war das bedrohlich anziehende Szenario der Schlafkabine des Ehepaars zu erahnen. Dem heimlichen Blick boten sich ein breites Bett, Lampenschirme aus roter Seide und eine Ansammlung von Hüten. Einschüchternd wehte einen von allen Seiten der Reichtum an, sich zu der von Oscar Wilde gemachten Erkenntnis kondensierend, Romantik sei das Vorrecht der Reichen.

Dieses Boot war nicht rein zum Behagen eingerichtet. Die Möbel und Gegenstände standen als Vertreter der Gesinnung ihres Besitzers da. Jedem einzelnen Objekt war eine Rolle zugeteilt. Die in der Kabine des Ehepaars hängende Sammlung von Hüten hing dort nicht, weil Monsieur Tabarin beim Verlassen der Yacht einen von ihnen aufgezogen hätte, um sich vor der Sonne zu schützen, sondern, um trocken knisternd oder filzig weich die Botschaft nach außen zu senden, dass der Träger dieser Hüte den modischen Gesetzen einer Zeit folgte, als einem Mann noch Form abverlangt wurde.

Während ihres Ausflugs nach Palermo hatte Martha an Bord Gelegenheit, einen flüchtigen Blick in Tabarins Kleiderschrank zu werfen. Er war ein Mann des Details, besaß nicht nur den lebhaftesten Sinn für schöne Stoffe, sondern auch für in sie eingeprägte, seltene Muster. Machte es oder machte es keinen großen Unterschied, ob ein Mann ein schwarzes T-Shirt oder ein Hemd von *Hilditch & Key* trug, auch wenn es sich bei dem Träger um dieselbe Person handelte?

Den ganzen Sommer über lebten eine kleine Crew Philippinos und Tabarins persönlicher Butler an Bord der *Devil's Kiss*.

Wenn das Ehepaar Lust dazu hatte, stieg es in der Bucht unterhalb ihres Hauses auf die Yacht und fuhr, umgeben von Bildern und Büchern, über das Meer.

Das erste Mal, dass Martha auf Tabarins Butler stieß, war am ersten Abend ihres Ausflugs.

Martha stand allein an der Reling, als er am anderen Ende des Decks erschien. Er war großgewachsen, hatte braunes Haar und grüne Augen. Ohne den Blick von ihr zu lösen, ging er mit einem Tablett auf sie zu.

Wie zwei aus entgegengesetzten Himmelsrichtungen kommende Raubvögel auf ein Aas zufliegen, so steuerten Balthasar und Martha in diesem Augenblick auf einen Traum zu. Als er vor ihr stehen blieb, lächelte er und reichte ihr das Tablett mit dem Wasserglas, drehte sich um und ging.

Bisher war der Ausflug etwas langweilig für Martha verlaufen. Tabarin saß stundenlang auf dem Deck und richtete den Blick auf das unbeschränkte, absolute Blau. Spinelli lag mit einem Buch unter dem Sonnendach und Martha verbrachte die Zeit in ihrer Kabine, an deren stoffbezogenen Wänden kleine, goldgerahmte Ölbilder hingen.

Ihr breites Bett war mit einer rostroten Seidendecke überzogen und mit Kissen aus Rohseide bedeckt. Auf einem Regal über dem Kopfende standen ein paar Bücher zusammen, wie die *Geschichte Persiens* und die gesammelten Briefe von Keats. Auch in dieser Kabine befand sich ein Korb voller Muscheln.

Martha hatte sich auf einem Sekretär ihren Zeichentisch eingerichtet, an dem sie ihren Block mit Skizzen füllte, schon etwas zermürbt von der Schönheit der Stunden, vom Laut der leise in den Gläsern zersplitternden Eiswürfel und den vielen Zitronensorbets, die Madame Tabarin ihren Gästen bringen ließ.

Wenn im Haus ihrer Gastgeber strenge Gesetze herrschten, so waren an Bord der Yacht die Gesetze eisern. Am nächsten Tag ertönte pünktlich um zwei der Schlag eines Gongs, der in den heißen, salzhaltigen Brisen verhallte, die die Tischdeckensäume des Esstischs unter dem Sonnendach hoben. Sie waren in eine neue Bucht eingefahren.

Aus der Ferne tönte das Schlagen der Zikaden und hallte das Meckern von Ziegen. Das Meer lag glatt wie eine Schlittschuhbahn da. Möwen kreisten hoch oben über dem einsamen Boot. Die rote Fahne am Bug flatterte im Wind.

Umfasst von einer weiß behandschuhten Hand, schob sich eine eisgekühlte Weißweinflasche neben Tabarins rechte Seite und goss vorsichtig sein Glas halb voll. Madame zog den von einem Moskitonetz abgedeckten Brotkorb zu sich heran und griff nach einer Sonnenblumenkernstange. In Maismehl frittierte Salbeiblätter zerkrachten leise zwischen den Zähnen. Sachte stach die Gabel in eine Hummertarte, schnitt das Fischmesser in eine Dorade. Hauchfein filetierte, in Honig getränkte und mit Limezesten bestreute Melonenscheiben zergingen weich und kalt auf der Zunge, während zwei Hände mit einem kleinen Silberbesen die Krümel von der Tischdecke in eine Silberschippe kehrten.

Ein Krümel wurde hier genauso wenig geduldet wie ein Gähnen. Martha fürchtete sich, in ein Stück Brot oder in einen der Mandelkekse zu beißen. Löste sich ein Krümel aus Brot oder Keks, fragte sie sich, was sie mit ihm tun, ob sie den Krümel schnell in den Mund, über die Reling werfen oder einfach ignorieren solle, bevor Madame Tabarins alarmierter Blick ihn entdeckte und nach einem Angestellten rief.

»Eine kuriose Geschichte!«, erzählte Tabarin, als Martha ihn nach Balthasar fragte. »Als ich den Sohn einer meiner Angestellten aus dem *Paradies* auf der *Devil's Kiss* anstellte, war er noch fast bartlos und trug abgetragene Anzüge. Ich hätte mir eigentlich einen erfahrenen Butler gewünscht, aber als Balthasar während des Vorstellungsgesprächs mit einer Frechheit sagte: »Sie brauchen *mich* als Butler!«, schloss ich ihn in mein Herz, vielleicht, weil er mich an mich selbst als jungen Mann erinnerte. Er sah nicht nur blendend aus, sondern besaß Witz. Ich erkannte auf einen Blick, dass er im Kopf hatte, zu so viel Geld wie möglich zu kommen. Das reizte mich und ich beschloss, ihm eine erste Gelegenheit dazu zu geben, indem ich ihn sofort anstellte. Es stellte sich heraus, dass er schnell lernte. Er machte seine Sache gut, und abends, wenn er sich in seine Kabine zurückzog, las er noch lange, wie ich von dem Koch erfuhr, der die Kabine mit ihm teilte. Jetzt ist mein Leben auf der Yacht ohne ihn unvorstellbar. Ich brauche ihn an allen Ecken und Enden. Inzwischen verstehen wir uns durch einen einzigen Blick, und ich schäme mich nicht, wenn ich behaupte, dass er mir mehr ans Herz gewachsen ist als mein eigener Sohn, den ich nicht häufiger als zweimal im Jahr sehe.«

Um sein Einverständnis mit Balthasar zu beweisen, hob er seine rechte Hand.

Gleich darauf erschien der Butler mit dem Zigarrenkasten. Nach einem langen, nachdenklichen Blick in die kleine Kiste griff Tabarin wieder nach einer *Toscano* und verkündete: »Ich glaube, dass wir alle etwas in Balthasar verliebt sind. Aber gehören tut er mir.«

Er schaute übers Meer, bis die Zigarre seinem Daumen und Zeigefinger entglitt, auf die warmen Holzplanken rollte, von Balthasar aufgehoben und noch glimmend über Bord geworfen wurde.

Es ist indezent, das Auge auf einem Schlafenden ruhen zu lassen, doch konnte Martha sich nicht vom Anblick des Mannes losreißen, dessen erste Regel lautete, nichts Unschönes in seinem Umkreis zu dulden. Im Wachzustand kann ein vermögender Mann die Unannehmlichkeiten des Lebens in gebührender Entfernung halten, doch im Schlaf? Sie fragte sich, ob dem reichen Mann das Bild seiner ersten Liebe im Traum erschien, die der Droge zum Opfer gefallen war, und da zeichnete sich für Martha auf dem schwach beleuchteten Hintergrund seines Lebens, wie die Figur eines chinesischen Schattentheaters, das Unschöne ab.

Als der Milliardär die Augen wieder aufschlug, stand eine kleine, blaue Schale mit grünem Tee neben ihm. Er warf einen Blick um sich und war vielleicht glücklich. Schmal wie ein Hering, sprang jetzt seine Frau ins Meer, einen schäumenden Kreis um ihren Körper bildend, von dem schweigsam auf dem Oberdeck stehenden Butler beobachtet.

Madame Tabarin sah aus wie eine schwimmende Geisha. Ihr Gesicht war von einer weißen Sonnenschutzcreme überzogen, doch sie wusste, was sie tat, denn um diese Stunde häutete einen die sizilianische Sonne.

»Ich lasse keinen einzigen Strahl an meine Haut. Shiseido 50! Eine fantastische Creme, die beste! Frauen, die sich nicht vor der Sonne schützen, sind wahnsinnig!«, sagte sie, als Martha hinter ihr herschwamm, zum Strand, wo sich Madame Tabarin auf die Suche nach Muscheln machte.

»Muscheln!«, hallte etwas später ihr Ruf zur Yacht hinüber. »Muscheln!«

Anand ruderte mit dem Kahn herbei und trug die Exemplare ins Boot.

»Das wird wieder eine große Arbeit werden«, bemerkte sie, dem Kahn hinterherschwimmend.

Als die Sonne unterging, machte Tabarin in khakifarbenen Shorts einen Spaziergang in den Salon. Er hielt vor einem Bücherschrank und zog einen Band über dalmatinische Reiterregimenter hervor. »Fun!«, murmelte er vor sich hin, seiner Frau einen Blick zuwerfend, die mit nassen Haaren auf dem Diwan vor ihrem Computer saß.

»Ich habe eben mit Rabat telefoniert«, teilte er ihr mit.

Sie faltete ihre Hände vor der Brust und verneigte sich vor einem inneren Gott.

Langsam breiteten sich am Himmel die Farben einer Schmiede aus.

»Kapitän!«, rief Tabarin.

Die Ankerkette rasselte. Das Dingi wurde ins Wasser gelassen und die kleine Gesellschaft in den Hafen von Palermo gefahren, wo sie in einem Fischlokal zu Abend aßen.

Als ein Filipino sie nach dem Essen über das schwarze Wasser zur Yacht zurückfuhr, standen die muskulösen Beine von Monsieur fest auf dem sich hebenden und senkenden Boden des Schlauchboots, während Martha und Spinelli sich an den Griffen festhalten mussten, um das Gleichgewicht nicht zu verlieren.

Schon von weitem sahen sie an der Reling die weiß gekleidete Mannschaft der *Devil's Kiss* stehen.

Das Schlauchboot wurde nah an die Yacht heranmanövriert, und Monsieur stieg unter dem Schweigen seiner Mannschaft die Außentreppe hinauf.

Auf dem schmalen Gang zwischen Reling und Schiffsinnerem wünschten die Gastgeber ihren Gästen eine gute Nacht. Als Martha die Tür zu ihrer Kabine öffnete, saß Balthasar auf ihrer Bettkante.

Das Paradies

Er nannte sich Balthasar, hieß jedoch mit richtigem Namen Griša, Griša Pavloviç. Sein Vater, ein Maurer, hatte hart gearbeitet, um seine vier Kinder zu ernähren, von denen eines, die einzige Tochter, behindert war. Grišas Mutter war Zimmermädchen in Monsieur Tabarins Hotel.

Das *Paradies* lag in einem italienischen Kurort. Für Frau Pavloviç war das *Paradies* keine Oase, sondern eine ziemlich erschöpfende Wirklichkeit, wo ihre Kolleginnen und sie die Aufgabe hatten, den Hotelgästen von Sonnenaufgang bis tief in die Nacht die Illusion zu verschaffen, in einer von Bäumen umrauschten, von Vögeln, Masseuren und Ernährungsberatern bewohnten Welt zu leben, in der es nur leise widerhallte von den an den Wänden des Soledampfbads herabrinnenden Dunsttropfen und den Smartphonevibrationen der sich erholenden Gäste, in einer Welt gedämpfter Laute, in die weder Autolärm noch Babyschreie, weder Mähmaschinenkrach noch Presslufthammergedröhn eindrangen, den Gast in seinem weißen Frotteebademantel in eine Zeit vor 1800 versetzend, als Stille noch kein Luxusartikel war.

Dennoch hatte Frau Pavloviç an manchen Tagen ihre geheimen Freuden, wie einmal, als sie Naomi Campbell in einem schneeweißen Jogginganzug vor einer Kürbisterrine in Tränen hatte ausbrechen sehen. Nachts hallten im *Paradies*, trotz aller getroffenen innenarchitektonischen Maßnahmen, die Betten ächzend wider, auf denen Weinkönige aus dem Napa Valley zwischen tätowierten Schenkeln und gepiercten

Brustwarzen nach dem Glück suchten, verheiratete Sanitärmagnate sich von jungen Thailändern auspeitschen ließen oder die einsame Witwe eines Käseprinzen in den Armen eines Athleten nach Rettung Ausschau hielt, ihre gummiharten Lippen an die Muskeln des Sportlers gedrückt.

Wenn irgendetwas auf dieser Erde noch sicher war, dann, dass alle Großen irgendwann einmal ins *Paradies* kamen, die Megatiere aus der Industrie, die Ölgötzen aus der Wüste, die Gangsterrapper aus der Bronx, alle möglichen Varianten von Innen- und Außendesignern, von High-Tech-Architekten, von Schauspielern wie George Clooney oder Brad Pitt, von Stars wie Madonna oder Anne Wintour. Auch rekonvaleszierende Filmproduzenten Jahrgang 1940, Viehzüchter aus Texas, meckernde Erbinnen aus Chile, Brustvergrößerer und Facelifter, Barbesitzer und Pilateskoriphäen. Alles Reiche und Berühmte kreuzte hier auf und aß den berühmten Blumensalat des lockigen Chefkochs, in einem Saal serviert, in dem das Parkett leise krachte und die Seidenvorhänge das Licht des Südens dämpften.

Der Kräutergarten des Hotels war eine Attraktion. Die Prominenten beteten diesen Garten fast an, in dem Melisse, Lavendel, Pfefferminze und Calendula hinter einer Mauer wuchsen, die kein Gast überschreiten durfte. Emma Stone und Paris Hilton standen auf Zehenspitzen vor ihr und lugten über den Rand hinweg in das mittelalterliche Kräuterareal, wo die Heilgeister ihr Wesen trieben, um vom Chefkoch in Superfood-Menüs verwandelt zu werden, welche die Stars unsterblich machen würden, zumindest für die Dauer ihres Ruhms. Kresseblütensmoothies, Kamillenblättercocktails, Ysopdrinks oder Thymianshots versetzten die Gäste in ekstatischen *flow*.

Sie kamen aus aller Welt ins *Paradies*, weil es einer der besten Orte war, an dem man dem Leben aus dem Weg gehen konnte, so einem Leben, wie Frau Pavloviç es führte, mit ihrem rückenkranken Mann, ihrer behinderten Tochter und den drei unruhigen Söhnen. Ja, hier kamen Menschen zusammen, die das Leben wie die Pest mieden, das Leben mit seinen Lidl-Einkäufen, Busfahrten, Stromrechnungen, Müllsteuern, schlaflosen Nächten und Krankenhausaufenthalten.

Auch die Durchquerung der marmornen Eingangshalle mit ihrem Schildpattlicht und ihrem Lilienduft war für Frau Pavloviç erhebend, wenn das Kristall der Spiegelrahmen ihre kleinen Augen blendete, genauso erregend wie ein hastiger Gang durch den Park, an den vollkommenen, zu Zylindern geschnittenen Magnolienbäumen vorbei, aus denen im Juni die einzelnen Blüten wie auf Kommando aus der Hoteldirektion in einem fast göttlichen Rhythmus als weiße Schmetterlinge auf den roten Kies fielen, während die Gäste in der Kühle der Schatten auf etwas zu warten schienen – auf etwas, das noch traumhafter war als die Nächte im *Paradies*.

Die Blumen im Park blühten mit einer Makellosigkeit, wie Frau Pavloviç sie in keinem anderen Hotelgarten gesehen hatte. An den Oleanderbäumen entlang der Promenade hingen die Blüten in Farben von Erdbeer- und Vanilleeis, prall, weich und glatt.

Nicht nur die Gäste, auch die im *Paradies* angestellten Yoga- und Tai-Chi-Lehrerinnen, die Ärzte und Köche, Kosmetikerinnen und Masseure standen in der

Luft des Hotels wie unter Drogen, durch und durch lieb und zahm, sanft und weich, leise und zart, duftend und flüsternd.

Dort, wo die Promenade endete, am Ende des Parks, lag ein ehemaliges Fischerhaus, inzwischen die gefragteste Suite des Hotels. Immer noch haftete an seinen Mauern der Geruch von Tang und Fischernetzen, immer noch hing der wässrige Blick eines längst unter der Erde liegenden Fischers in dem großen Fensterrahmen, aus dem jetzt die Augen von hageren Supermodels und gespritzten Kinostars, von eingeschnappten Modedesignern und zum Buddhismus konvertierten Bloggerberühmtheiten über die Wasserfläche schweiften, als schwebe dort eine Antwort auf ihre Fragen. Wie viele einsame Millionärinnen hatte Frau Pavloviç hier gesehen, alte und junge Frauen, die wie kleine Mädchen im *Paradies* Königinnen spielten!

Als Griša ein kleiner Junge war, hatte ihn diese Welt, von der seine Mutter nach der Arbeit erzählte, ins Träumen versetzt. Ihre Schilderungen von den weichen Betten und blitzenden Ferraris, von den Privatjets und Launen der Gäste hatten sich ihm eingeprägt, Bilder über Bilder, die nicht das Geringste mit der Wohnung zu tun hatten, in der er aufgewachsen war, mit ihren winzigen, den Geruch von Weichspüler und Brat-Öl ausdünstenden Zimmern, dem Ausblick auf heruntergekommene Hochhäuser.

Wenn er abends nicht einschlafen konnte, ließ er die Hotelsuiten, die er aus den Prospekten kannte, vor seinen geschlossenen Lidern Revue passieren: die Suite »Lilie« mit ihrem großen Bett, das ganz aus weißem Leinen zu bestehen schien, oder die Suite »Orchidee«, mit ihrem zitronengelb bezogenen Diwan. Er sah sich in den Marmorbadewannen liegen, von denen seine Mutter immer schwärmte, sah sich im Arm einer Schönheit unter einer der großen Magnolien einschlafen.

Griša träumte davon, das *Paradies* im Sturm zu nehmen, in voller Kriegsbemalung, mit Säbel und Mauser als moderner Kosakenhauptmann durch die Säulenhalle einzuziehen, alle Zimmer mit einer Schar von Freundinnen zu besetzen und das Fünf-Sterne-Hotel so zu bewohnen, wie in seinen Augen ein solcher Ort bewohnt werden musste. Im Park würde er Hirsche und Rehe, Pfauen und Affen ansiedeln, im Fischerhaus ein Orchester unterbringen, mit einem Kapellmeister aus seiner Heimatstadt Odessa, ein Orchester mit Zimbeln, Trommeln und Flöten. Auf den Terrassen würden im Sommer Tänzerinnen schlafen, unter den Magnolien Schachspieler sitzen, am Schwimmbad würde er einen Pavillon für hochbegabte Nichtstuer errichten und in der Küche den Besitzer des *Paradies*, Monsieur Tabarin, zehn Stunden am Tag für ihn und seine Gäste kochen, backen, braten, sautieren, grillen, rösten, frittieren und dämpfen lassen, bis er tot umfallen würde. Denn es war Monsieur Tabarin gewesen, der seiner Mutter einmal einen so harten Schlag ins Gesicht versetzt hatte, dass sie mehrere Tage auf dem rechten Auge nicht mehr sehen konnte, derart geschwollen war es gewesen. Frau Pavloviç wäre es nie in den Sinn gekommen, ihn anzuzeigen.

Als Griša dreizehn wurde, klaute er auf einem Flohmarkt sein erstes Jackett, dunkelblau, von Ralph

Lauren, wie geschnitten für ein Leben im *Paradies*. Später kamen ein Paar wirklich schöne Hemden dazu, meist gestohlen oder für fast nichts in Secondhand-Läden erworben.

Langsam verwandelte Griša sich. Aus dem stillen, fleißigen Sohn eines Maurers und eines Zimmermädchens wurde eine ärmliche, etwas lächerliche Kopie eines Dandys. Aus einem Kind wurde ein Schauspieler.

Seine Klassenkameraden machten sich lustig über ihn, wenn er wie der Besitzer einer *Riva* in der Schule auftauchte und damit angab, dass sein Vater ein reicher Mann geworden sei, über Nacht, Glückszahl im Lotto. Doch sein begeistertes, stolzes Wesen hob ihn über seine Schulfreunde hinaus. Es gab nicht viel, was ihn an sie band.

In die eigenartigen Züge seines schönen, etwas wilden Antlitzes begann sich der Ausdruck eines frühreifen Jungen zu legen, der anfing, Gefallen daran zu finden, Leben zu spielen. Je mehr seine Phantasie ins Blühen geriet, desto weniger taugte die Realität etwas für ihn, desto mehr zogen ihn Bücher, Filme und Musik an.

Grišas Eltern, die unermüdlich für den Erwerb eines Reihenhauses arbeiteten, übten seit seinem dreizehnten Lebensjahr keinen Einfluss mehr auf ihn aus, konnten sein Temperament, das von irgendeinem phantastischen Vorfahren stammte, einem auf dem Seil tanzenden Gaukler oder einem Feuerfresser vielleicht, nicht mehr zähmen. Er war der Sohn eines alten Volkes, das über Jahrhunderte einen Kampf mit den Mächten der Natur ausgetragen hatte, in jedem

Augenblick bereit, sich ein hartes, schweigsames Gefecht zu liefern.

Sein mit den Brüdern geteiltes Zimmer wurde von einem mit Postern behängten Raum zu einem etwas anrüchigen Boudoir mit roten Vorhängen, zwei merkwürdigen Plüschsesseln vom Sperrmüll und mit an den Wänden entlanglaufenden Bücherregalen, auf denen sich die Werke von Nietzsche und Dostojewski ansammelten. Die Worte von Huysmans oder Thomas Mann versetzten Griša in stärkere Erregung als die Computerspiele, mit denen seine Klassenkameraden sich die Zeit vertrieben. Was er las, empfand er stark.

Mit achtzehn wählte er Pythagoras zu seinem Leitstern, auf den er in einer Bibliothek durch das Buch von Jamblich gestoßen war. Das Leben des Pythagoras, erfunden oder nicht, fesselte ihn. Es war wegen Pythagoras gewesen, dass er die Idee gefasst hatte, zu studieren.

Schließlich, an seinem zwanzigsten Geburtstag, änderte er seinen Namen von Griša in Balthasar. Der Widerwille gegen seinen Namen war während der Lektüren gewachsen, er machte sich von ihm los wie von einem Fluch, in dem beklemmenden Gefühl, dass in dem Namen Griša Pavloviç die verdreckten, blauen Gummischlappen seines Vaters, die Lockenwickler und schwarzen Leggings seiner Mutter, der Frittier-Apparat aus Frau Pavloviçs Küche und der rosa Frotteeklosettdeckelüberzug aus ihrem Badezimmer gefangen lagen.

Es dauerte eine Weile, bis er den neuen Namen bei seinen Freunden und Feinden durchsetzte, doch schließlich *war* er Balthasar.

Sein Vater, der fahlgesichtige Maurer, der für zehn Euro die Stunde arbeitete, war stolz auf diesen Sohn, der sich nach der Schule im Fach Philosophie eingeschrieben hatte.

»Aber ich an der Uni?«, fragte Griša Martha, als er ihr in jener Nacht aus seinem Leben erzählte. »Ich? Was hatte ich dort zu suchen? Ich war mit neunzehn belesener und klüger als meine Professoren! Ich war wirklich nicht scharf darauf, mir mein bisschen Geist von diesen akademischen Staubbeuteln kaputt machen zu lassen. Hätte meine Mutter mir nicht erzählt, dass Tabarin einen Butler auf seiner Yacht brauchte!«

Griša erzählte, dass Tabarin der erste Mensch in seinem Leben gewesen sei, mit dem er sich habe messen wollen. Sein Vater hatte nie einen Gran Ehrgeiz besessen, während er, Griša, sich seit seiner Kindheit an dem Direktor des *Paradies* habe rächen wollen.

Während Griša neben Martha sprach und rauchte, dachte sie, dass er und Spinelli die Realität als schale Angelegenheit empfinden mussten, verglichen mit dem Leben, das sich in ihren Köpfen abspielte. Es geschieht manchmal, dass ein Mensch uns den Schlüssel zu einem unbekannten Gefühl gibt. Mit Griša geschah es für Martha in diesem Sommer zum dritten Mal.

»Als ich auf dem Boot anfing, wusste ich, dass ich am richtigen Ort war. Tabarin verstand es zu leben, und sein Leben kennenzulernen, das würde mir auch Spaß machen, nicht nur des Geldes wegen, nein, weil er wirklich an seine Sache glaubt, an *seinen* Traum. Es ist nicht leicht, sich ein Leben zu erträumen und dann diesen Traum zu erfüllen. Die meisten träumen ja immer dasselbe, das je nach Epoche etwas andere Formen und Farben trägt: Villa mit Pool und Sauna, schöne Frau, schnelles Auto, immer dieselbe Sauce mit leichten Varianten, wirklich, die Träume der Menschen sind sich seit jeher verteufelt ähnlich! Tabarins Träume sind auch nicht grundverschieden, und doch haben sie einen etwas anderen Glanz. Sein wahres Hindernis, origineller als andere zu träumen, ist seine Adelsverliebtheit. Für Snobs bleibt der Adel eben eine Sucht. Um Graf zu sein, hätte er sicher sein halbes Vermögen hergegeben. Diese Gräfin Canosta, die er dieses Jahr eingeladen hat! Eine Aufsteigerin ist sie, nichts anderes, eine Designhure, notorisch dumm, mit einem Herz in Pastelltönen, affektiert bis ins Mark, leer wie ein Luftballon und arrogant wie ein Modefriseur! Und jetzt langweilt sie sich mit ihrem neuen Grafen zu Tode. Ich habe immer den Eindruck, dass diese Frau auch im Wachzustand schläft, so benommen ist sie von dem vielen Relaxen! Die müsste mal schwer eine in die Fresse kriegen, um aufzuwachen aus ihrem komischen Schlaf! Lächerlich, in unseren Zeiten, wo alles gleichgemacht wird, so an irgendeinem Wappen zu hängen! Lachhaft, als Gräfin herumzustolzieren in einer Welt ohne Königshöfe, Parks, Kutschen und Personal! Reine Farce, aber erfolgreich! Weshalb sollte sich der Adel auch eingestehen, dass er arm dran ist? Was hätte er davon? Besser sich an ein marodes Wappen klammern als zuzugeben, dass man sich in nichts von seinen Hausangestellten unterscheidet!«

Griša stand auf und machte die Gräfin nach, wie sie in ihren Bastpantoffeln über das Oberdeck tapste, mit der Sonnenbrille auf der Nase und das blond gefärbte Haar aufgesteckt unter einem kleinen Strohhut.

»Und immer diesen Ausdruck von gereizter Sanftheit und Langeweile im Gesicht! Eigentlich könnte sie ja wahnsinnig gut gelaunt sein, statt mit der Miene einer vergammelten Zitrone herumzulaufen!«, fuhr er fort, als er wieder neben Martha auf dem Bett saß.

»Und was ist mit ihm, dem Grafen?«, fragte sie.

»Sizilianischer Adel, Ländereien auch in Kalabrien und Kampanien, zu allem bereit, wenn er sich nur ausruhen kann, von seinem Besitz, seinem Nichtstun, von was weiß ich was! Es ist schon komisch, wie man bei so viel Geld ein so beschissenes Leben führen kann! Der tut nichts anderes als von einem geerbten Palast zum nächsten zu latschen! Den ganzen Tag seine Paläste abzuklappern, ich weiß nicht, wie amüsant das sein kann. Nichts, nichts stammt von ihm, kein einziges Möbelstück, kein einziger Ring! Er sitzt im Schatten der Bäume, die seine Vorväter gepflanzt haben! Ein geisttötender Mann. Der müsste sich eigentlich vor sich selber fürchten! Tabarins Fixierung auf den Adel ist lächerlich. Sie mögen noch so langweilig oder dumm sein, er kann keinen Makel an ihnen finden. Ein Wappen ist für ihn so etwas wie eine Aureole. Er sieht nicht mehr klar, wenn er ein Stück Tier oder Architektur auf einem Wappenschild erblickt, einen Adlerflügel oder eine Turmzinne, dann gerät er aus dem Häuschen! Ich habe es oft erlebt. Wie auch immer, ich mochte Tabarin sofort, auch wenn ich mich an ihm rächen wollte. Natürlich ist er etwas schwierig, aber seine Macken sind mir sympathisch.«

»Trotz seines Alters sieht er immer noch blendend aus.«

»Ja, er würde sich gut in einem Gangsterschinken machen, mit seinem fehlenden Finger und diesen eiskalten, blauen Augen.«

»Und er tanzt gut. Er hat mich gestern Abend in der Strandbar aufgefordert.«

Da erhob sich Griša wieder, stellte sich mitten in die Kabine, streckte seine Brust heraus, griff nach einer unsichtbaren Partnerin und zeigte ihr, wie ein Tango von Tabarin aussah. Tam-tam-tam-tam-darida-tam-tam-tam-tam. So! Und so! Zweimal nach rechts! Und nach links! So!

»Ich gebe zu«, gestand er, als er sich wieder auf die Bettkante setzte, »dass mein Leben mit Tabarin etwas grotesk ist. Butler bei einem so zwielichtigen Mann mit einem fast perversen Laster für Innendekor zu sein ist mehr als komisch! Aber wenn man wie ich auf die Welt kommt, dann muss man eben einige Kompromisse machen. Die vernünftig wirkende Lehre, die Dinge zu sehen, *wie sie sind*, halte ich für Schwachsinn, kein Ding ist, wie es ist, da es aus zahllosen Augen betrachtet wird. Ich schweife ab, aber weißt du, wenn sich heute ein intelligenter Mensch nicht mit allen ihm zur Verfügung stehenden Mitteln schützt, mit Büchern, Wein und Musik, wird er in unserer Gesellschaft zu einer Familie-Arbeit-Sport-Maschine gemacht. Man muss wirklich aufpassen wie ein Luchs, dass sie einem nicht das kurze Leben vermiesen oder es einem sogar nehmen, wie in China, wo die Menschen zehn Stunden am Tag arbeiten und acht Tage Ferien im Jahr haben, von denen sie nur zwei nutzen. Alles, bloß nicht leben, heißt es nicht mehr nur dort, in China! Stimmt es oder nicht, dass man heute fast nichts mehr tun darf, was etwas Spaß machen könnte, etwa an Orten zu rauchen, wo einen die Lust dazu anfällt? Die Stahl- und Zementbänke in unseren Städten sind so hart, dass niemand Bock hat, sich bis in die Dämmerung hinzusetzen, den Passanten nachzuschauen, einzuschlafen oder vor sich hin zu träumen, nein, diese Bänke sind eine ausdrückliche Einladung, nicht auf ihnen sitzen zu bleiben. An vielen Orten werden Bänke schon gar nicht mehr aufgestellt, damit bloß keiner auf die Idee verfällt, kurz innezuhalten, statt einer Zukunft entgegenzurennen, die, wenn alles gut geht, in einem super Seniorenheim mit brandneuer Rampe für Rollstühle und einem Kleinbus von Peugeot endet. Immer dieses Zukunftsgerede! Ich glaube, dass die Leute alle auf die Zukunft eingestellt sind, weil sie eine rasende Angst vor der Vergangenheit haben, davor, sich einzugestehen, dass es vielleicht vor fünfhundert Jahren bessere Handwerker, bessere Schriftsteller, bessere Musiker, bessere Maler, bessere Architekten und bessere Dichter als sie gegeben haben mag! Wenn wir uns nicht auf unsere Vorfahren besinnen wollen, werden die Datenkings uns das Gehirn aufweichen, bis wir keins mehr haben! Wenn es so weitergeht wie jetzt, stehen wir bald ganz ohne eigenen Kopf da! Sind ja schon weit fortgeschritten unter der Fuchtel der Supernerds! Schau dich doch mal in den Straßen Europas um! Am traurigsten sind an den Samstagmorgen die flötenden Indios in den Fußgängerpassagen, aber eigentlich sind das Trauermärsche, und beim Anblick von jungen Studenten, die in irgendeiner Gasse Gitarre spielen, könnte man in Tränen ausbrechen, wenn sie die alten Songs der Beatles abklimpern. Und dann die beklemmenden, Trübsal blasenden Mimen in den Silbermänteln! Das ist doch alles wahnsinnig traurig, oder nicht? Unsere Städte sind nur noch Erinnerungen an unsere Städte, unsere Landschaften sind nur noch Erinnerungen an unsere Landschaften, und schöne Landschaften wie die Provence oder die Toskana sind vor Kitsch triefende Erinnerungen, in denen jeder alte Mühlstein wie ein Sarkophag aufgestellt wird! Sag doch, was ist von einem Landstrich wie der Toskana anderes übrig geblieben als ein Fahrrad-Wander-Bed & Breakfast-Vineshop- und Agriturismus-Space?«

»Auf der Yacht bist du ja immer auf dem Meer unterwegs.«

»Deswegen bin ich auch bei Tabarin, weil der noch aus einer Zeit kommt, in der ... ich weiß nicht ... Zumindest lerne ich bei ihm die Grundlagen, auf denen sich ein gelungenes Leben aufbauen lässt! Und dazu brauche ich Geld, viel, sehr viel Geld!«

»Ich habe einen solchen Reichtum wie hier noch nie gesehen.«

»So eine Yacht wie diese gibt es kein zweites Mal auf der Welt, es gibt vielleicht größere, aber keine ausgefallenere.«

»Womit verdient er sein Geld außer mit dem Hotel?«

»Ich weiß es, darf es aber nicht sagen.«

»Und sein zweiter Sohn? Er erwähnt ihn nie.«

»Siehst du, das ist es, sein eigener Sohn! Nie verliert er ein Wort über ihn, als ob es ihn nie gegeben hätte! Ich glaube, er empfindet seinen Tod als ästhetischen Makel. Er hätte sterben können, aber nicht an einer banalen Lungenentzündung! Tabarin wird brutal, wenn es darum geht, die harte, die banale Realität in sein perfektes Leben einzulassen. Mit der Wirklichkeit bleibt er immer schön auf Distanz, vielleicht, weil er sich *auch* fragt, was das heißt, die Dinge zu sehen, *wie sie sind*. «

»Und Madame?«

»Diese Frau hasst mich, weil ihr Mann mich liebt, aber das soll sie noch verlernen! Sie würde mich, glaube ich, liebend gern loswerden, um wieder alle Macht über ihn zu haben. Sie verzeiht mir nicht, dass ich sie nicht anhimmele wie der Rest des Personals, dass ich ihren mageren Hintern nicht anbete und ihre Gummibärchenbrüste. Alle Reichen haben diesen Magerkeitstick. The richer, the thinner! Aber sie treibt es zu weit mit ihrer paranoischen Selbstdisziplin, vielleicht, um ihre adeligen Freundinnen zu überbieten ... Sie führt ihre Magerkeit wie ein Hungerkünstler vor, lässt die Knochen unter ihrer Haut wie die Inderinnen die Juwelen an ihrem Körper bewundern! Völlig verstört vom Luxus! Wenn es einem zu gut geht, entstellt man sich langsam vor Verdruss! Man braucht sich nur mal die Reichen näher anzuschauen, da sitzt keine Nase und kein Auge mehr an ihrem richtigen Platz. Ich will ja auch reich werden, sehr reich sogar, aber von meinem Geld will ich mich nicht entstellen lassen!«

»Sie sieht für ihr Alter sehr jung aus.«

»Wenn man Luxusasketin ist! Die Tabarin ist so geschickt, dass sie, sobald sie an irgendeiner Stelle ihres Körpers eine Spur der Altersfäulnis bemerkt, zu ihrem Beautyguru nach New York fliegt und sie sich sofort wegschneiden lässt. Aber sie kann noch so sehr versuchen, sich ihren Mädchenkörper zu bewahren, das Alter schleicht sich auch in einen Luxustempel ein. Wenn der Lack ab ist, ist er ab. Wie auch immer, vergessen wird sie mich auf keinen Fall, das ist sicher!«

Während das Boot auf den nächtlichen Wellen sachte schwankte, lag Martha an Grišas Seite wie neben einem Troubadour, jemandem wie dem Minnesänger Guilhem de Peitieu, der lange Zeit durch die Welt wanderte, um den Frauen den Kopf zu verdrehen.

— Der Erzengel der Leichtigkeit

An einem Sonntag Anfang Juli gelang es Martha und Griša, sich heimlich in einem kleinen Hotel am Meer zu treffen.

Die Hitze, die ihnen aus dem portierslogenhaften Raum mit seinen Reiseführern, Hotelprospekten, Zeitungen und Plastikblumensträußen entgegenströmte, aus dem muffigen Treppenhaus, aus der Küche und aus den alten Samtpolstern der im Speisesaal stehenden Stühle, war eine in Jahrzehnten aus Sonne, Teppichstaub und Kaffeedampf zusammengebraute Temperatur, die zu dem Wesen des Hotels gehörte wie das Kardinalsrot, das sich vor einigen Jahrzehnten in allen Räumen ausgebreitet hatte, in den Vorhängen, in den Teppichen, in den Bettdecken, auch wenn es überall am Verbleichen und Abblättern war.

Der Empfangschef, der sich in dem als Rezeption dienenden Kabuff um die Hotelgäste kümmerte, ihnen Dokumente und Fragen abnahm, Mappen entfaltete und Wegbeschreibungen lieferte, machte auf Martha den Eindruck, als habe er sich mit Haut und Haaren dem *Dioniso* verschrieben, diesem kleinen, von Rot besessenen *Dioniso*, diesem widerspenstigen Kontrahenten des *Paradies*, als habe er die meiste Zeit seiner Jahre in dem winzigen Empfangsraum verbracht, als sei ihm eine Existenz außerhalb dieser Kombüse unvorstellbar. Hier, so drückte sein gedrungener Körper aus, in diesem von Kaffeedampf durchzogenen, von leiser Radiomusik durchklungenen, der Bürokratie gewidmeten Kabinett, wo er Zeit hatte, sich seine Gedanken über Leben und Lieben der aus aller Welt anreisenden

Hotelgäste zu machen, hier, so drückten seine Augen aus, hier war das Zentrum der Welt, *seiner* Welt. Im Unterschied zum Portier von Marthas Pension in N. war seine Arbeit gefragt.

Der Herr übergab Griša, der auf den achteckigen Fliesen einen Korb abgestellt hatte und sich in dem kleinen Vestibül umsah, einen Schlüssel.

Er verlangte nach den Ausweisen und machte das Paar auf die Regeln des Hotels aufmerksam.

Als die Glocke der nahen Kirche erklang, trat er hinaus und stellte sich in den dröhnenden, etwas dämonischen Widerhall des Geläuts.

Griša trug seinen Korb über eine schmale, zum ersten Stockwerk führende Wendeltreppe.

Martha folgte ihm unter einem großen Strohhut. Grišas Schritte waren schnell, als könne er es nicht erwarten, die Tür zu Zimmer Nummer 4 aufzuschließen, wo sie bis zum Abend ihr Quartier aufschlagen würden. Unter seinen Sprüngen die Stufen hinauf hoben sich leicht die Säume seiner grünen Leinenjacke, die er von Tabarin geerbt hatte. Auch die weit um die Beine sitzende Hose, «seine beste Garnitur«, wie Griša sagte, und die Schuhe waren abgelegte Stücke aus Tabarins Garderobe. Vielleicht war nur Grišas rechter, goldener Backenzahn sein eigener, etwas wertvollerer Besitz.

Als sich der Schlüsselbart einmal im Schloss gewendet und die Zuhaltungsfeder nachgegeben hatte, öffnete sich die Tür in einen verdunkelten Raum mit einem seit Jahren unbenutzten Kamin, auf dessen Sims eine Bronzeuhr stand, deren emaillierter Stundenzeiger, wie sich bald herausstellte, immer nur dann kurz tickte, wenn Schritte das Zimmer über ihnen in Erschütterung versetzten. Jetzt gab die Uhr vierzehn Minuten nach drei an, obwohl es erst kurz vor zehn war. Ein Bronzemädchen in weit ausgeschnittenem Kleid und mit einem winzigen Sommerhut auf ihren Bronzelocken hob die linke Hand zu einem Rosenbouquet, das seit etwa hundertvierzig Jahren in einer Vase über dem schwarzen Ziffernblatt blühte, von dem sich römische Zahlen in Gold abhoben. Der ganze Glanz des Raumes ging von dieser Uhr aus, die als Sinnbild einer anderen Zeit auf dem Kaminsims stand.

»Ich komme gleich wieder!«, rief Griša, griff nach seinem seltsamen Korb und verließ den Raum.

Als die Tür hinter ihm ins Schloss fiel, breitete sich zwischen den hohen Wänden jene Stille aus, die über dem ganzen Gebäude lag.

Es herrschte Schwalbennesttemperatur, wie sie nur an sehr heißen Tagen in heruntergekommenen Hotels möglich ist, eine etwas strohige, staubige und federwarme Hitze. Martha war glücklich, dass sie wieder in so einem Hotel gelandet war.

Kaum hatte Griša den Raum verlassen, stiegen in ihr Bilder auf, die von der Vorstellung, ein kaltes Bad zu nehmen, bis zu Bildern aus verborgeneren Regionen der Psyche reichten, denn in der Art einer russischen Puppe trägt ein Hotelzimmer viele weitere Räume in sich, ein Liebesnest oder eine Opiumhöhle, je nach Gesinnung des Gastes.

Sie hätte sich gerne aufs Bett gelegt, doch blieb zu wenig Zeit. Sie hängte ihren Hut über die Ecke des Fernsehapparats und zog ihr Kleid aus. Das bis vor wenigen Augenblicken noch fremde Zimmer hatte bereits seine Anonymität verloren.

Sie ließ kaltes Wasser in die Badewanne laufen und hielt Ausschau nach von anderen Gästen zurückgelassenen Spuren, doch weder fand sie ein schwarzes, zwischen die Kachelfugen eingepresstes Frauenhaar noch den Händeabdruck einer schmutzigen Hand an den Badezimmerwänden, nichts, was ihr das Gefühl gab, hier hätten zahllose Paare ihre Körper für die Liebe vorbereitet.

Nach dem Bad legte sie sich aufs Bett und sagte sich: »Bewahre dieses Zimmer in deinem Gedächtnis. Präge dir jeden Gegenstand, jedes Geräusch, jeden Geruch ein, bevor Griša wiederkommt, denn wenn er neben dir liegt, wirst du dieses Zimmer nicht mehr sehen, nicht mehr die Lampe mit dem gefältelten Schirm, nicht mehr das Stuckmedaillon über dem Kamin, nicht mehr die Vorhänge, die wie rote Röcke vor den Fenstern herabfallen, nicht mehr das Panasonic-Telefon, das, von seinem Kabel umschlungen, neben dem Blechpapierkorb am Boden neben dem Schreibtisch steht, ein Relikt vordigitaler Jahre, noch nicht endgültig aus dem Raum verbannt, als rechne der Hotelbesitzer mit Zeiten, da es wieder in Einsatz gebracht werden könnte. Es ist der siebzehnte August zweitausendzweiundzwanzig, kurz nach zehn«, sagte sie sich noch, als Griša die Tür öffnete, den Korb abstellte, aufs Bett zukam und sich neben sie legte, aber da sah sie schon nichts mehr, befand sich schon zwischen der Wirklichkeit des Hotelzimmers und eines Traumes.

Auch danach wich Griša nicht eine Handbreit von ihrer Seite. Wenn er nicht ihre Hand hielt, dann griff er nach ihrem Arm oder ihrer Schulter.

Das Kreischen von Möwen hallte im Raum wider, weit weg brannte es, der Feuergeruch drang durch die Fensterläden und die zugezogenen Vorhänge.

»Griša?«, fragte Martha leise.

»Was ist?«

»Ich habe Hunger.«

Er erhob sich, griff nach seinem Korb und stellte ihn auf den Schreibtisch.

Wie wenn sich ein Paar geschlossene Augen plötzlich öffnen und sich zwei schwarze Pupillen in einer hellen Iris auf einen richten, so hatte Martha den Eindruck, als hätte sich das Tuch von Grišas Korb wie ein Augenlid gehoben.

»Und das ist noch nicht alles!«, rief er mit kindlicher Begeisterung wie ein Erzengel der Leichtigkeit, aus seinen Jackentaschen zwei kleine Gläser hervorziehend.

Peng! sprang der Korken aus der Flasche, und Griša lachte, lachte so laut, dass es in der heißen Gasse unter ihnen widerhallte.

Sie setzten sich an den Schreibtisch, tranken ein Glas und dann noch eines und noch eines.

»Endlich mit dir allein, endlich weg von Madames Stundenplan! Der Mensch braucht zwar Ordnung, aber die Zeit mit ihrem immer gleichen Stundenablauf kann einem schon auf die Nerven gehen! Und dann ist es um sieben Uhr morgens *immer* sieben Uhr morgens, nie plötzlich zwölf Uhr mittags oder ein Uhr nachts, und jeden Morgen *muss* man sich waschen, wenn das Leben einigermaßen ordentlich über die Bühne gehen soll, mittags *muss* man etwas essen, und wenn man ganz originell ist, schläft man mit einer Frau manchmal schon am Nachmittag, aber da muss man schon ein sehr freier Mensch sein und sich die Zeit dazu nehmen! Wie schön wäre es, einmal um sieben Uhr morgens aufzuwachen und sich zu sagen: ›Nein! Es ist nicht sieben noch sonst eine Zahl, es ist auch nicht Zeit, es ist nur dunkel und ich bleibe noch im Bett!‹ Kennst du Pythagoras? Weißt du etwas über ihn?«, fragte er.

Griša wusste etwas über Pythagoras, einen Mann, der, so wie ihn Jamblich beschreibt, das genaue Gegenteil von Griša gewesen sein musste, ein Mann, der sein Leben durch Gottesdienste und körperliche Zurückhaltung geordnet hatte, der von unnachahmlicher Seelenruhe und stets heiter in Wort und Tat gewesen war, dem auch die Ältesten mit ehrerbietiger Scheu begegneten, der aller Augen auf sich zog, der jeden mit Staunen erfüllte, so, dass man sagte, er sei der Sohn eines Gottes. Er wurde als der »Langhaarige von Samos« verehrt, doch als sich die Tyrannis des Polykrates bildete, floh der Achtzehnjährige mit einem Schiff zu Anaximander und zu Thales nach Milet, bis Thales zu alt war, ihm seinen Unterricht zu erteilen, und ihn aufforderte, nach Ägypten zu segeln, um mit den Priestern in Memphis und Diospolis zusammenzukommen. »Thales«, erzählte Griša weiter, »hatte seinen Schüler vor allem im Sparen der Zeit vorwärtsgebracht. Pythagoras entsagte Wein und Fleisch und schlief sehr wenig. In Ägypten ließ er sich in die Mysterien einweihen. Es ist natürlich absurd, dass ich mir ausgerechnet Pythagoras als Idealfigur entgegenhalte, aber warum nicht? Es *gab* vollkommene Menschen und an die *soll* man sich halten! Pythagoras, Orpheus, Mozart, Buddha! Die großen Träumer! Sicher ist es praktischer, sich von Kopf bis Fuß versichern zu lassen, von morgens bis abends durchzuarbeiten, einmal in der Woche zum Psychologen zu gehen, zweimal die Woche Yoga und am Wochenende eine Digital-Detox-Kur zu machen, um am Montagmorgen wieder fit fürs Büro zu sein. Es ist uns Modernen wirklich fast gelungen, dem Kampf mit den Elementen auszuweichen! Es könnte wie ein Traum wirken, in einem Tesla mit glutwarmen Sitzen in ein geheiztes Büro zu fahren, den Körper in atmungsaktiver Funktionsunterwäsche, den Inhalt einer Nespresso-Kapsel und einer Collagenampulle im Magen, die Kopfhaut noch gerötet vom Föhn, die gelaserte Haut noch »samtweich« von der Rose-Lavendel-Lotion, ohne Schwierigkeiten einen Parkplatz hundert Meter unter dem Erdboden zu finden, in einem Aufzug in den dreiundzwanzigsten Stock eines Glasturms zu schweben, sich an einem Plexiglastisch niederzulassen und in den Kosmos der Algorithmen einzutauchen, angefunkt und angepiepst von einem Smartphone, unter dem Diktat, der Welt Traumreisen, Traumlieben, Traumhäuser, Traumfrauen, Traumsex, Traumärzte, Traumkliniken, Traumbankhäuser oder Traumversicherungen anzubieten. Denn heute heißt Arbeit ja für einen großen Teil der Menschen, weder ein Handwerk auszuüben noch Felder zu bestellen, sondern Träume zu verkaufen. Unter extremem Hochdruck arbeiten sie Tag und Nacht daran, Traumprodukte zu entwickeln und zu vermarkten, rackern sich dafür zu Tode, Traumvillen auf Trauminseln loszuwerden, da die Menschen alle wie verrückt träumen. Wenn sie *die Traumreise* machen, ist sie ein halbes Jahr vorher gebucht, mitsamt

Reiseversicherung und der Gewähr, in Goa zu ihrem Weißbier zu kommen, wenn sie *das Traumhaus* finden, dann reihen sie sich in einen Kasten zwischen anderen Kästen. Warum auch nicht? Von Träumen sprechen ist etwas Schönes, solange man sich nicht daranmacht, einen Traum zu verfolgen, der keine Ware ist. Den wahren Träumer sehe ich als Jäger, der in dem unergründlichen Dickicht des eigenen Bewusstseins Jagd auf etwas Fliehendes macht, das seine Existenz auf dieser Welt rechtfertigt. Oder er blickt wie von einer Kaimauer auf die Vergangenheit zurück: Tempelmauern, Karyatiden, Triumphbögen! Königsgräber, Wehrgänge, Bastionen! Knappen, Schnabelschuhe, Samurais! Wandteppiche! Elisabeth die Zweite! Die Renaissance! Karl der Große! Jeden Tag verliebe ich mich aufs Neue. Ich verliebe mich in Männer und Frauen, in Häuser und Gärten, Pflanzen und Tiere. Watteau! Ganze Tage habe ich mit ihm verbracht! Und Händel, Piranesi, Goya, Proust! Von neunzehnhundertneunzig rückwärts gerate ich ins Schwärmen«, dozierte Griša weiter. »Mir brauchen nur eine alte Zeitung, eine alte Blechkanne, ein zerschlissener Vorhang in die Hände zu geraten und Schleusen über Schleusen öffnen sich in mir. Ritte durch endlose Eichenwälder! Schnupftabak! Spinette! Bratenröcke! Goldbestickte Admiralsmützen! Moby Dick! Und der Hungerkünstler! Damen mit riesigen, von Vögeln und Blumen geschmückten Hüten! Der große, dicke Balzac! Saint-Sulpice! Alte Krippenfiguren! Denn jeder Tote, von dem wir es wünschen, lässt sich mit etwas Anstrengung aus dem Vergessen herausbugsieren. Wenn ich einen Brief meines Urgroßvaters lese, steigt er mir in dem Moment aus dem Sumpf entgegen, in dem er ertrunken ist. Venus: nicht schaumgeboren, sondern traumgeboren! Es sind nämlich alles traumgeborene Gestalten, auf denen sich unsere Kultur aufbaut, Zeus, Minerva, Pegasos, Bacchus, Atlas, Niobe, in Felsen und Vögel verwandelte Götter, zu Schlangen werdende Schlangentöter, Himmelsstürmer, Baumkinder, weissagende Knaben mit Greisenhaaren. Es sind Götter und Göttinnen, Greifen, heilige Bäume, Drachen und Nymphen, Zentauren und Harpyien, die unseren Geschichtsprofessoren und Altertumsforschern, Archäologen und Kunstlehrern das monatliche Gehalt einbringen, die unsere Museen, Bibliotheken, Parks, Hausfassaden, Villen und Lesesäle füllen. Unsere gesamte Kultur, unsere Welt, *wir* sind eine phantastische Ansammlung von Traumbildern, Visionen, die vor langer Zeit aus dem Mittagsschlaf eines Hirten, aus dem Fiebertraum einer Weberin, aus dem Tiefschlaf eines Fürsten, aus der Zeichnung eines Priesterenkels hervorgegangen sind! Aus den Träumen unserer Vorfahren, die sich in Ställen, Hofküchen, auf Feldern und in Wäldern ihre Träume weitererzählten, wird heute ein Professor der Gräzistik gemacht! Das während der Siesta einem jungen Eselstreiber erschienene Mädchen mit blondem Haar wurde in der Wiedergabe seines Traumes zu einer göttlichen Erscheinung, die ein Bildhauer, der der Erzählung des Eseltreibers zugehört hatte, in eine Statue bannte, bis Venus ganz Griechenland füllte und einem heute noch von T-Shirts und Tassen entgegenblickt! Ja, jede Tasse mit dem Abbild einer Göttin ist das Andenken an einen irgendwann einmal geträumten Traum. Die Träume unserer Ahnen sind die feste Grundlage, auf der unsere Kulturen entstanden sind. Alles, was das Leben in dieser Welt erträglich macht, alles, was nicht Hunger, Krankheit, Grausamkeit und Tod ist, kam aus Visionen, aus einem Lechzen nach Vollkommenheit, aus einem Durchbrennen des Geistes in Erinnerung an ein Traumbild. Aus der Zukunft aber steigt einem nichts und niemand entgegen! Was hat sie uns zu geben? Nichts Warmes, nichts Schönes! Mir redet niemand ein, dass unsere Welt schöner oder besser wird! Sie kann nicht schöner werden.«

Angetrunken wickelte Griša sich in ein Betttuch, verbeugte sich vor dem Messingbett und rief: »Mir redet niemand ein, dass unsere Welt schöner oder besser wird! Sie kann nicht schöner werden! Ramsch produzieren und sich zu Tode verkaufen, bis die Erde eine einzige Müllhalde ist, das wird von einem verlangt! Gummizwerge, Dildos, Mixer und Blender! Schrott, immer mehr Schrott sollen die Jungen herstellen und sich untereinander verkaufen, darunter auch feineren und feinen Schrott, Hipster-Schrott mit Galaxy-Hosen und Vintage-Brillen, Prada-Fetzen, Gucci-Lumpen, Porsche-Müll, Dolce & Gabbana-Tand, Louis-Vuitton-Säcke, Prachtstücke aus Müll, Plunder, den kein Schwanz braucht! Und dazwischen die Täuschgeschäfte, die Bioläden, die den Kunden Hirtenwelten mit Liebe und Heu und Sehnsucht nach Dreschflegeln einflüstern! Und die Sicherheitssucht! Ich lebe lieber im Knast als angepasst!«

»Träumen«, hätte Griša mit dem Fremden aus Edgar Allan Poes Erzählung *Das Stelldichein* sagen können, »Träumen war die Beschäftigung meines Lebens.«

»Martha, ich will dich heiraten«, sagte Griša plötzlich und zog einen Ring aus seiner Tasche hervor, der mit neun kleinen Edelsteinen besetzt war, ein navaratna, wie er ihr erklärte.

Er zog ihr den Ring über den Ringfinger und sie ließ es geschehen. Er erzählte zu schön, um seinen Wunsch ausschlagen zu können. Mit der Ankündigung *dieser* Heirat würde ihre Mutter mit Sicherheit jede Beziehung zu ihr auflösen. In sechsundzwanzig Jahren hatte Martha nicht eine Sache getan, die Mrs Oberon gutgeheißen hätte. Wenn sie mit Balthasar vor ihr erscheinen würde, läutete sie damit das Ende der Verbindung zu ihr ein.

Martha schwirrte der Kopf, irgendwann schlief sie kurz auf dem Teppich ein. Und dann erwartete sie mit Griša das Ende dieses Tages.

Mit der Präzision eines Metronoms rückte der Zenit des Sommers Stunde um Stunde näher. Martha und Spinelli waren in die rote Villa von Mrs Moore umgezogen, wo Martha für das noch unfertige Porträt der Malerin Modell stand.

Für die junge Frau gab es nichts Schöneres, als fast reglos in dem Atelier auf einem Stuhl zu sitzen, während Mrs Moore an den Händen und Augen des Mädchenbildnisses arbeitete. Um diese Stunde stand die Tür des Balkons weit offen, über dessen Eisengitter sich die Zweige einer Glyzinie mit ihren wie wilder Spargel auslaufenden, Spiralen bildenden Trieben streckten. Die Hitze lag als glühendes Siegel über dem Garten, der alle Erinnerungen an eine Zeit in sich zu tragen schienen, in der die Welt noch ein durchjagter Wald war. Das Gellen der Zikaden versetzte die Luft in erregende Schwingung. Hin und wieder wehte eine Meeresbrise in den Raum, bewegte die Blätter der Kenziapalme und strich über Martha hinweg.

Wenn ein Held jemand ist, der auf selbstlose Art ein Stück Land oder einen ihm von seinen Vorfahren übermittelten Kult verteidigt, dann war Mrs Moore eine Heldin: Sie verteidigte die Malkunst der Haarlemer Meister, die Geduld und Hingabe forderte. Leonora wendete größte Sorgfalt auf die Instandhaltung und Reinigung ihrer Pinsel, Spachtel, Schaber und Schwämme, ihr Malerwerkzeug mit jener Ehrfurcht behandelnd, die ihr zufolge Marderhaar- oder Schweineborstenpinseln zukam, Gegenstände, die nicht allein Behelf zur Verwirklichung ihrer Bilder, sondern selber Objekte ästhetischer Freude waren, Sinnbilder einer über Generationen hinweg weitergegebenen Erfahrung auf der Suche nach Mitteln, das Leben auf der Leinwand wiederzugeben. Auch die im Atelier aufbewahrten Rollen handgeschöpfter Papierbögen oder die vor langer Zeit einmal in Belgien erworbenen Leinenrollen schienen Mrs Moore mit dem ruhigen Glück zu erfüllen, das ein Hamburger Gewürzhändler aus dem siebzehnten Jahrhundert fühlen musste, wenn er seine an den Kontorwänden lehnenden, mit Zimt, Piment oder Pfeffer gefüllten Säcke betrachtete.

Das Bild der Malerin, die ihre gereinigten Pinsel nach der Arbeit säuberlich in den Kasten zurücklegte, erfüllte Martha mit Frieden.

An drei Tagen der Woche gab Mrs Moore ihr Unterricht. Während dieser Stunden hatten die beiden Frauen viel Zeit, um sich in Ruhe zu unterhalten.

Bis jetzt war der Bleistift das einzige Werkzeug für Martha gewesen, bis jetzt hatte sie sich nur mit Grautönen abgegeben, in dem Wunsch, eines Tages das Malen mit Ölfarben zu erlernen. Sie wusste, dass die Ölmalerei eine andere Hingabe und viel mehr Zeit von ihr verlangen würde, dass nicht mehr die Absolutheit der Form, sondern die Relativität der Farbe von Gewicht sein würde.

Vor jedem Unterricht bereitete Mrs Moore, sie dicht an dicht setzend, die einzelnen Farben sorgsam auf der Palette vor. Martha lernte, welche Wirkungen die Farben aufeinander haben, wenn sie nebeneinander angelegt werden, erfuhr, wie das Nass-in-Nass-Mischen, wie das Abmischen von Weiß mit Pigmenten vor sich ging, wie man Karmin in Purpur übergehen ließ, Blau in Grün. Auf der Suche nach den richtigen Farbtönen für ein Motiv reihten sich Kobalt, Indisch Rot, Smaragdgrün, Neapelgelb, Terra di Siena, Kadmiumgelb, Karmin, Krappbraun oder Sepia als Tupfproben nebeneinander. Mrs Moore lehrte, kein Gramm Farbe mehr zu benutzen als notwendig. Und am Ende durfte nicht eine Spur von Weiß auf der Leinwand zu sehen sein.

Während ihrer Gespräche behauptete die Malerin einmal, dass der Umgang mit Farben vom körperlichen und seelischen Wohlbefinden des Malers abhing. »Der geistige Zustand eines Malers lässt sich von den Farben ablesen, die er auf die Leinwand setzt. Wenn dich eine Farbe nicht anzieht, dann benutze sie nicht. In schlechter Verfassung wählt man auch Farben schlecht aus. Jede Farbe hat einen ihr innewohnenden Klang, den man an schlechten Tagen nicht fassen kann.«

Für die Farbe ist die Abstufung das, was die Kurve für die Linie ist. Für Mrs Moore durfte es nicht einen Farbfleck auf der Leinwand geben, der nicht abgestuft war. Die Leuchtkraft eines Farbtons rührte allein vom Grad der Abstufung her. Während aus einer gleichförmig aufgetragenen Farbe etwas Stumpfes und Kaltes hervorging, kam durch Abstufung Wärme auf.

Da die mikroskopisch genauen Wiedergaben auf den Bildern von Mrs Moore nicht ohne präzise Definierung der Formen auskam, wurde Martha von der Malerin angeleitet, Zeichnungen des einmal gewählten Motivs anzufertigen. Das von ihrem Großvater erlernte »Kartographieren« von Details, wie etwa die Äderung eines Efeublatts, half ihr, die richtige Farbe für ein Detail zu bestimmen und in Ölfarbe wiederzugeben.

Nichts verletzte Marthas Lehrerin mehr als die Flüchtigkeit des Blicks. Ein oberflächlicher Blick, behauptete sie, beraube die Dinge ihrer Schönheit. »Das Blau eines Kolibriflügels ist das Ergebnis von Äonen!«

Schönheit schaffen hieß für Mrs Moore, der Natur so treu zu sein, dass man das Ungeheuerliche, das Surreale an ihr fasste und daher aus jedem Bild ein wahrhaft neues, modernes Bild machte. »Die Augen eines Künstlers«, behauptete sie, »sind wie die Hände eines Diebes: Sie brechen Verschlossenes, Verborgenes auf und erhalten die pralle Wirklichkeit in Form eines Bildes.«

Von Unterricht zu Unterricht eignete sich Martha mehr Sicherheit beim Malen an. Was die Farbe Weiß betraf, so musste für Mrs Moore nur die Leinwand weiß sein, bevor sie sich langsam mit Farben überzog.

Hinter Leonoras blassen Gesichtszügen, deren Umrisse scharf in die Luft stachen, glaubte Martha den Knochenbau ihrer Vorfahren erkennen zu können, schottische Edelmänner, die vor Jahrhunderten aus wilden Landstrichen Festungen und Burgen geschlagen hatten – eine lange Ahnenreihe, die auf alte Tugenden wie Ehre und Treue gegründet war. Während Martha, die von ihrem Stuhl aus die Fotografien von Leonoras Eltern und das Porträt ihrer Tante betrachten konnte, der Malerin zuhörte, wurde ihr bewusst, wie sehr jeder Mensch seinen Vorfahren ausgeliefert ist, wie sehr die Ahnen ihn beherrschen, wie sie mit dem ihnen eigenen Akzent oder Timbre in seinen Stimmbändern liegen, wie sich ihre Ohnmacht oder

Macht im Grau oder Blau seiner Augen spiegeln, wie ihr Geiz oder ihre Großzügigkeit in seiner Nasenspitze zusammenfließen und wie sie in jedem einzelnen Wort nisten, das er äußert. Jetzt erkannte sie in Mrs Moores Physiognomie nicht nur die Physiognomien ihrer Eltern, sondern auch jene ihrer Großeltern wieder, die sie als Schatten hinter Leonoras blassem Antlitz zu erkennen glaubte. Ihre Ahnen mussten von trockenem Humor, von Ehrgefühl und Stolz beseelte Menschen mit schmalen Lippen, feinen, harten Gesichtszügen und grauen Augen gewesen sein. Das erste Streben nach Freiheit, dachte Martha, erwächst vor allem aus dem Kampf, den jeder Mensch nicht nur mit seinen Eltern, sondern mit seinen Vorfahren führt, um sich ihrer Prägung zu entwinden. Mrs Moore hatte als junge Frau Schottland verlassen, um in London Kunstgeschichte zu studieren, so wie Martha, wenn auch nur für drei Monate, London verlassen hatte, um einen Malkurs in Italien zu belegen.

»Mein Vater hat mir als Kind immer, wenn ich schlechter Laune war, Rabelais' Mahnung vorgehalten: Lebt heiter!«, erzählte die Malerin.

Heiterkeit! Das war es, was Martha vom ersten Moment an in der Malerin wahrgenommen hatte. Es war die Heiterkeit eines Menschen, der die Dinge der Welt anschaute, ohne Antworten zu suchen noch geben zu wollen, es war die Heiterkeit, die auch Spinelli eigen war. In Mrs Moores kleinen Augen war keine Spur von jenem die meisten Menschen quälenden Wunsch zu erkennen, an der Welt und ihren Bewohnern etwas zu verbessern.

Irgendwann kamen sie auf Griša zu sprechen.

»Die Liebe macht jedes Leben wieder zu einer Sage, mit einem Helden, einer Heldin und zu überstehenden Gefahren!«, lachte Mrs Moore. »In diesem Fall scheint Tabarin die Gefahr zu sein. Er würde Spinelli nicht verzeihen, eine Frau in sein Haus gebracht zu haben, die ihm Griša wegnimmt! Aber die Zeit der Jugend hat ihre eigenen Gesetze, und eines davon ist, nicht der Vernunft, sondern dem Verlangen zu folgen.«

Wie verschieden war die Welt, aus der Martha kam, von der, in die Spinelli sie eingeführt hatte! Als sie das erste Mal die Bibliothek in der roten Villa betreten hatte, wo ein Gästebett stand, war es nicht der Ausblick über den alten, maurisch anmutenden Garten gewesen, der ihr das Gefühl gegeben hatte, in wenigen Augenblicken eine Reise von mehreren Tausend Kilometern unternommen zu haben. Es waren die Gegenstände und Stoffe, von denen sie sich hier umgeben sah, die etwas unheimlichen, über der Tür hängenden Theatermasken, die Statue einer Artemis und der Marmorkopf eines indischen Gottes, die ihr das Gefühl gaben, den Boden der Wirklichkeit verlassen zu haben. Der Teppich lag wie ein Stück Rasen unter ihren Füßen, von einem Grasgrün durchtränkt, als hätte sich keimende Kraft in seinen Fäden verborgen.

Auf dem Schreibtisch stand ein kürbisgroßer, handgefertigter Globus, dessen teefarbenes Papier eine Welt abbildete, in der man auf dem Rücken eines Pferdes durch die Mongolei ritt, in Amerika auf einer Wildente flog und in Ägypten ein Kamel bestieg. Neben der Weltkugel befand sich ein holzgeschnitzter Lampenständer, der einen goldbemalten Tiger beim Reißen einer Antilope mit ungewöhnlich langen Hinterbeinen darstellte. Wie auf den Fensterbänken stapelten sich auch auf der Tischplatte Bücher über Bücher. Zwischen Duden und Atlanten gründete hier der persische Feldherr Kyros sein Reich, liebte Clodius seine Schwester Optima, schlugen räuberische Beduinen ein Zelt auf und führte ein Rosenkäfermann seine Rosenkäfer vor.

Eines Mittags, als Leonora sich in ihr Zimmer zurückgezogen hatte und Spinelli zum Lesen in den Garten gegangen war, streifte Martha allein durch das stille Haus, bis sie in das Gartenzimmer kam, ein Raum, der gebaut schien für Kaufleute einer vor langer Zeit untergegangenen Karawane, für Menschen, die daran gewohnt waren, auf goldgewirkten Polstern zu sitzen, lange Pfeifen aus Rosenholz zu rauchen und türkischen Sorbet zu trinken. Leicht zerrissene, rote Samtknöpfe leuchteten ihr aus den Polstervertiefungen von zwei nachtblau bezogenen Liegen entgegen.

In die vier Ecken der Veranda waren Engel gemalt, die einen die Decke entlanglaufenden Ast stützten, von dem ein Köcher, eine Zither und zwei Hüte herabhingen: Embleme der Jagdgöttin Artemis, doch auch von Mrs Moore, die einen feinen Jagdinstinkt und eine ansehnliche Hutsammlung besaß.

Mitten im Raum, unter einem etwas schmutzigen, von Rissen durchzogenen Glasdach, das ein nervöser Mensch als eine in jedem Augenblick über seinem Kopf zu zersplittern drohende Eisschicht empfinden musste, stand, wie aus dem Boden gewachsen, ein runder Steintisch.

Martha legte sich auf eine der blauen Liegen. Seit dem Sonntag, den sie mit Griša im Hotel Dioniso verbracht hatte, war sie ihm nicht wiederbegegnet, denn Tabarin gab seinen Balthasar ungern frei.

Martha wusste, dass sie einen Mann wie Griša nicht suchen, dass sie ihn weder anrufen noch ihm eine Nachricht schreiben durfte, wenn sie ihn wiedersehen wollte. Sie musste auf ihn warten. Jeden Morgen wachte sie mit dem Gedanken auf, sich für ihn schön zu machen. Der Blick in den Spiegel beschwor Grišas Besuch herauf. Sie nahm die vor dem Spiegel verbrachte Zeit als die Zeit *vor* dem Fest wahr, wenn die Gegenstände eines Festsaals einer Vollkommenheit zustreben, die durch den Eintritt des ersten Gastes bereits zerstört wird.

Während sie Mrs Moore Modell stand, während sie kochte, während sie malte, wartete sie. Sie wartete vom Augenblick ihres Erwachens bis zu dem Moment, da sie einschlief. Griša ließ ihr keinen Augenblick Ruhe. Er führte eine Art klandestines Leben in ihr, stellte sich jede Nacht in ihren Träumen ein und machte sich tagsüber auf Schritt und Tritt durch schmerzhafte Abwesenheit in ihr bemerkbar.

Während dieses unausgesetzten Wartens überkam Martha immer wieder das Gefühl, dass es die Wirklichkeit nicht gab, dass jeder Mensch sich *seine* Wirklichkeit erschuf. Manchmal dachte sie auch, dass alles im Leben Einbildung sein könnte, auch der Mann, in den man sich verliebte.

Das Warten auf Griša war ein hoher Preis für die wenigen glücklichen Stunden, die sie mit ihm verbracht hatte, doch ihr war klar, dass sie ihn für eine Leidenschaft zahlte, für die es *nie* einen zu hohen Preis geben kann.

Seit dem Sonntag im *Dioniso* hatte sich alles, was sie umgab, in geheimnisvolle Beziehung zu ihr gesetzt: das Paket Zigaretten, das er auf dem Nachttisch des Hotels vergessen und das sie in ihre Handtasche gesteckt hatte, der Kajalstift, den sie jetzt jeden Morgen nach dem Schwimmen auftrug, in der Hoffnung, dass Griša vielleicht plötzlich die Yacht für ein paar Stunden verlassen würde, um sie zu besuchen, der Blick aus dem Fenster der Bibliothek in die Richtung, aus der sie ihn erwartete, oder die türkisen Sandalen, die sie in Palermo gekauft hatte und in denen sie ihm entgegengehen wollte, sobald er vor dem großen Tor erscheinen würde. Es kam ihr jetzt wie ein Geschenk des Schicksals vor, dass sie nie zuvor geliebt hatte, dass sie sich manchmal nur eingeredet hatte zu lieben. Obwohl Mrs Oberon systematisch die Liebe aus den weißen, kühlen Räumen der Londoner Wohnung verbannt hatte, war Martha leidenschaftlich. Ihr kam jetzt ein Franzose in den Sinn, ein verheirateter Mechaniker, den sie mit siebzehn während der Sommerferien mit ihren Eltern in Antibes kennengelernt hatte. Wenn er sich in einem blauen Polohemd, in dessen verwaschene Fasern sich etwas von seinem Wesen gelegt zu haben schien, etwas Starkes, das sie mit Maschinenöl und dunkelblauen Hortensien in Verbindung brachte, über einen Bistrottisch hinweg zu ihr beugte und sein nach Pfefferminzkaugummi und Marlboro riechender Atem ihr ins Gesicht schlug, erstarrte sie in Zauber. Die Lehne des Plastikstuhls, der Boden unter ihren Füßen, die Metallplatte des sie von dem Mann trennenden Tisches, zwei große, Schatten werfende Palmen, durch deren Blätter die heißen Sommerbrisen zogen, und der mit

PERNOD beschriftete Aschenbecher, all das schien ebenso in Zauber zu erstarren wie sie selbst. Einmal drückte der Mann, bevor er das Bistrot verließ, in dem sie sich begegnet waren, seine Zigarette, an der sie beide gesogen hatten, im Aschenbecher aus. In ihrem noch warmen, gelb angelaufenen Filter schien Martha der Kuss aufbewahrt, den sie sich in der Öffentlichkeit nicht hatten geben können, und so nahm sie den Stummel und barg ihn in ihrer Basthandtasche, bis er eines Tages aus ihrer Tasche verschwand, wie später die Tasche selbst, mitsamt all den kleinen Dingen, die sich im Laufe jenes Sommers mit Bedeutung geladen hatten. Sie erinnerte sich daran, wie sie jede Gelegenheit wahrgenommen hatte, um dem Haus zu entkommen, das ihre Eltern am Meer gemietet hatten. Nach dem Frühstück fuhr sie auf dem Fahrrad in die Stadt, ging auf den Markt, in die Buchhandlung oder zum Bäcker, in der Hoffnung, den Mechaniker vor zwölf Uhr zu treffen, der nach der Arbeit immer ein Bistrot aufsuchte. Kaum saß sie auf dem Fahrrad, überfiel sie ein Gefühl der Freiheit. Die Füße in den roten Sandalen auf den Pedalen, die Rocksäume rechts und links von ihr wie Flügel flatternd, schwebte sie wie auf dem schmalen Rücken eines Windhunds dahin, rollte die Straßen entlang, fuhr zwischen Pinien und Oleandersträuchern hindurch, glitt auf das Meer zu und durch die Gassen von Antibes. Nie wieder hatte ihr eine Landschaft mit ihren Bäumen und Bistrots so sehr gehört wie damals, als sie auf dem Sattel ihres Rads durch schmale Gassen, über weite Plätze und am Meeresufer entlangfuhr, auf der Suche nach jenem Mann, der ihr vor zwölf Uhr begegnen *musste*, *vor* dem Augenblick, wenn die Glocken von den Kirchtürmen läuteten und er durch das große Eisentor trat, das zu dem Hotel seiner Frau führte. Bevor er durch dieses Tor trat, hinter dem die Äste einer hochgewachsenen Zeder in das Laub einer Magnolie griffen, wollte Martha ihm ein Bild liefern, das ihm während des Mittagessens die Kehle zuschnüren sollte. Er sollte vor Augen haben, wie sie in einem jadegrünen, vor der Brust zusammengeknoteten Kleid ins Hafenbecken sprang und ihm dann triefend nass gegenübertrat, wie sie die Stoffbahnen, die klatschend um ihre Beine schlugen, hob, um sie zu trocknen, und wie sie ihre nassen Haare über seinen Händen auswrang, in dem Gefühl, eine Galionsfigur oder eine Nike zu sein, eine jener holzgeschnitzten Heldinnen, die gegen das Meer anstürmen. Ein anderes Mal sollte er nicht vergessen, wie sie kurz vor zwölf mit dem Rad über die Türschwelle eines Bistrots fuhr, wo er an der Theke einen Kaffee trank und in *Nice Matin* blätterte. Ihm die Mahlzeiten verderben, ihm nach den Mahlzeiten mit einem in sein Gedächtnis eingedrückten Bild von ihr in seinem Schlafzimmer den Atem nehmen, das war ihr Hauptanliegen, wenn sie sich auf das Fahrrad setzte, das war ihre Rache dafür, dass sein Anblick jedes Mal, wenn sie ihn traf, alles um sie herum mit Zauber belegte. Eine bis in die Fingerspitzen gehende Erregung hielt sie damals dazu an, vor jedem Café in Antibes kurz stehen zu bleiben und nach ihm Ausschau zu halten. Bis zwölf Uhr gab sie nicht auf. Nur wenn der Sommertag ihr den Mechaniker auf den Weg stellte, war für sie der Tag gelungen, als wenn es der Sommer so verlangte, auch wenn dieser Mann so gut wie nichts von ihr begriff außer die Konsistenz ihrer Haut und die leicht elektrisierbare Weichheit ihrer Haare. Jener Zauber, dem sie mit siebzehn schlafwandlerisch ausgeliefert war, war von anderem Stoff als der Zauber, den Griša auf sie ausübte, denn in ihn webten sich Ausblicke auf eine Zukunft mit ihm, die von anderer Prägung war als das Leben ihrer Mutter.

Eines Morgens – es war ein grauer, gewittriger Tag, die Temperatur über Nacht schlagartig von 38° Grad auf 27° Grad gesunken – traf in der roten Villa ein Kurier mit einem Paket ein. Spinelli hatte den Einfall gehabt, mit Marthas Hilfe ein Masthuhn aus Bresse nach Sizilien kommen zu lassen. Schließlich hatte *er* es übernommen, Griša zu einem Abendessen einzuladen.

Mrs Moore traute ihren Augen nicht, als sie das Huhn, das mit dem verächtlichen Ausdruck einer alten Bridgespielerin, die mitten in der Partie vom Herzschlag getroffen worden ist, mit weit aufgerissenen Augen und vor der Brust verschränkten, silbergrauen Krallen unter mehreren Schichten Seidenpapier in einem Karton auf dem Küchentisch erblickte. Um den Karton häuften sich Krebse, Schalotten, Möhren, Knoblauch, eine Flasche Cognac, Tomaten, Sahne und Estragonstängel, die Martha für die Zubereitung des Huhns gekauft hatte.

Martha liebte die Küche in der roten Villa, mit ihrem im Lauf von Jahrzehnten durch Schürfungen und Scharten gezeichneten Cottofußboden, mit ihren Ausblicken in den Garten und in den Innenhof.

Auch wenn sie so genannt wurde, waren keine deutlichen Attribute einer Küche hier zu sehen. Alles, was mit der Aufbewahrung und Zubereitung von

Nahrungsmitteln zu tun hatte, ging in einem Seitentrakt vor sich, wo ein Waschbecken aus Stein, ein Kühlschrank, der Herd und der Anrichtetisch untergebracht waren.

Martha fragte sich, ob sie die Malerin nicht zum Erwerb eines Brotbackautomaten oder eines Blenders überreden sollte, mit dem Leonora das Gemüse aus ihrem Garten zu Saucen, Suppen und Säften hätte verarbeiten können, statt es mit dem handgemachten Messer ihres Vaters zu zerhacken. Doch ihre Gastgeberin hatte es sich zum unverbrüchlichen Gesetz gemacht, keine technischen Geräte in ihre Küche einzulassen und bis zum Ende ihrer Tage die fast archaisch anmutenden Gerätschaften aus dem Haushalt ihrer Eltern zu gebrauchen – eine Art Ahnenverehrung, durch die sie vielleicht die Erinnerung an ihre in Schottland begrabenen Eltern am Leben erhielt.

Jetzt blickte Mrs Moore voller Zärtlichkeit in das Papiergrab des vornehmen Huhns, bevor Spinelli die Garantiesiegel von den Hühnerbeinen löste und zu schneiden, hacken, streuen, pressen und mischen begann, während sich Hühnerfedern und Zwiebelhäute im Mülleimer häuften.

Spinelli presste Orangen aus, mischte den Saft mit Rum und füllte damit drei Gläser, die er mit Leonora und Martha in einem Zug austrank, bevor er den Weißwein kaltstellte.

Als Martha in die Bibliothek stieg, um dort zwei Gläser und eine Flasche Whisky bereitzustellen, fing es zu regnen an, Donner grollten, das Wasser prasselte aus den Regenrinnen in den Hof und auf das Glasdach der Veranda.

In der feuchten Luft fühlte sie ihre Haut wie ein zu eng anliegendes Kleid. Die Vorstellung, Griša näherzukommen, machte sie unruhig. Immer wieder stellte sie sich den Augenblick ihres Wiedersehens vor, eine Szene, in der ihre neuen Sandalen den wichtigsten Platz einnahmen.

Diese Unruhe trieb sie hinaus, zwischen die triefenden Buchsbaumhecken, durch die Orangenbaumallee, immer tiefer in den Garten hinein, der als große, graue Stickerei dalag. Die hohen Zypressen stachen wie Stricknadeln in die feuchte Luft. Aschegraue Schleier aus schwebender Gaze schlossen sich aus allen Seiten um die Hecken, durch die ein Hahn mit blutrotem Kamm und indigniertem Ausdruck dahinstolzierte wie der Sonnenkönig. Ebenso gut hätte aus dem Dunst eine Barke mit scharlachrotem Segel hervorsegeln oder eine der Zeit entrissene Seele hervortreten können.

Auf der bemoosten Steinbank neben dem Brunnen saß Leonoras Katze mit ihren grün leuchtenden Augen, in denen sich ein Urwaldpfad auftat, zu einem Tümpel hin, der den traurigen Blick einer fetten Kröte widerspiegelte.

Wie ein Schmetterlingsfänger seine *roten Admiräle* und *kleinen Füchse*, zählte Martha auf ihrer Rückkehr aus dem Garten die Grüntöne nach, die sie unterwegs eingesammelt hatte, Raupengrün und Tümpelgrün, Lauchgrün und Moosgrün. Sie hatte Kräuter und Gräser in ihren Blumenstrauß aus Orangenbaumzweigen gesteckt, den sie zu der Flasche Whisky in ihr Zimmer stellte.

Durchnässt lief sie ins Badezimmer. Während sie ihre nasse Jeans auszog, fiel ihr Blick auf ein Paar vergoldete Holzpferdchen, die bäuchlings, mit erhobenen Läufen, über zwei Wandspiegeln angebracht waren. Es lag ein so lebendiger Ausdruck in ihren Augen, dass sie sich fragte, wo diese beiden Tiere die Weltkriege verbracht haben mochten, ob als Türschmuck in einem Schloss oder als Wächter eines Baldachinbetts in einem Pariser Palais.

An diesem Abend wollte sie weder ihre Jeans noch einen ihrer H&M-Röcke anziehen, sondern ein Kleid von Mrs Moore, die sie gebeten hatte, einen Blick in ihren Kleiderschrank zu werfen und sich etwas auszusuchen.

Als Martha vor Leonoras Schrank stand, drängten sich ihr die Farben eines Blumenmarkts entgegen. Zwischen einer liliengelben Ärmelbluse und einem anemonenroten Kleid presste sich das zarte Magnolienrosa eines Morgenmantels. Die türkisen Stoffbahnen eines spanischen Rocks, aus dessen Saum die Tanzleidenschaft einer Flamencomeisterin schwang, leuchteten hervor zwischen einem Jackett, das grau wie ein Novembertag an der Stange hing, und einem von teegelben Rosen durchwirkten Satinkleid.

Diese Kleider kamen Martha wie bunte Flügel vor, mit denen Mrs Moore vielleicht zeit ihres Lebens versucht hatte, sich über das wirkliche Leben zu erheben, das mit Sicherheit in keinem Verhältnis zu ihren Phantasien gestanden hatte. Ihre Gastgeberin hatte, so wie viele Frauen, ihr Leben nicht nur an *eine* Rolle, sondern an eine Vielfalt von Rollen gebunden. Martha wusste von ihr, dass sie seit ihrer Kindheit die Kunst der Verwandlung liebte, dass es ihr schon oft das Herz leichter gemacht hatte, für die Dauer einiger Stunden aufzuhören, sie zu sein. »Ich glaube,« sagte sie einmal, »dass mit jedem neuen Kleid eine Metamorphose vor sich geht, dass eine Frau in jedem neuen Kleid zu einer anderen wird. Es gibt Blusen und Hosen, in denen sich Eigenschaften heucheln und Eindrücke erwecken ließen, die oft im Gegensatz zur eigenen Natur stehen. In einem schwarzen Kostüm können sich die Kälte und das Kalkül einer Anne Wintour einstellen, in einem roten Rock das künstlerische Temperament einer Frida Kahlo.«

Martha zog ein weißes Kleid hervor, steckte ihre Haare hoch und stieg in bester Stimmung in die Küche, wo das Huhn auf Bordelaiser Art im Ofen briet.

Der Regen fiel immer noch, als sie durch das offene Küchenfenster Griša auf das Haus zugehen sah.

An diesem Abend herrschte in der Veranda das Licht einer Meeresgrotte, als wenn in jedem Augenblick hinter den nachtdunklen Fensterscheiben, in denen sich die Flammen der brennenden Kerzen hundertfach widerspiegelten, Tintenfische und Tiefseemedusen hätten vorbeitreiben können.

Da Mrs Moore, wenn sie in diesem Raum aß, die Angewohnheit hatte, den Wasserhahn über dem Steinbecken ein wenig aufzudrehen, wahrscheinlich damit das *Pling Pling* der gleichmäßig fallenden Tropfen den Raum in so etwas wie in den Musikpavillon des Kalifen von Bagdad versetzte, tropfte es leise aus dem aufgerissenen Löwenmaul ins Becken. Der Gartenraum hatte zwar nicht achtzig Fenster, sondern bloß vier, war auch nicht von einer Kuppel überwölbt, sondern von einem zerbrechlichen Glasdach bedeckt, doch genügten die bemalten Wände und die Wassertropfen, um jeden Gast zu beleben und in Zeiten zu versetzen, da die Welt noch für das genommen wurde, was sie ist: die schönste aller Illusionen.

Spinelli hatte sich einen alten, mit orangebraunen Rosen bedruckten Schal um die Schultern gelegt, dessen trostlose, in irgendeiner Provinzfabrik entstandene Herbstfarben an die Tapete einer im Abriss begriffenen, englischen Pension erinnerten, an ihm aber wie die Stoffbahn eines kurzen Mantels in altspanischer Tracht herabhing. Darunter trug er ein terpentingrünes, mottenlöchriges Jackett und eine alte Cordhose. Insgesamt hatte er mehr Löcher in seiner Garderobe aufzuweisen als der Heilige Sebastian Wunden an seinem Körper.

Hinter dem silbrigen Blau von Mrs Moores Augen, in denen sonst nichts auf ein verführerisches Temperament deutete, lag eine gewisse Koketterie. Sie saß gerade wie ein Kreuz und ihre spitze Nase hätte gut die Nase eines Lanzenträgers aus der Zeit Heinrichs des Löwen sein können.

Vier Teller, ein Korb mit warmem Toastbrot, die zwei Hälften einer Zitrone und eine eiskalte Wodkaflasche umstanden in vollkommener Symmetrie eine Dose mit Kaviar. Sie war klein, doch sie aßen lange aus ihr, strichen die glänzenden, an Ameisen und schwarze Perlen erinnernden Eier über die warmen Brote. Alles, was es an Luxus gab, schien Martha an diesem Abend auf Leonoras Tisch zu stehen.

Wenn sie Grišas Blicken begegnete, hatte sie das Gefühl, als fange er ihre Augen wie mit einem Angelhaken ein. Es schmerzte sie leicht und band sie noch fester an ihn. Sein Blick lag keinen einzigen Augenblick gleichgültig auf ihr, auch wenn auf seinem Grund zärtlicher Spott lag.

Als Leonora das Huhn auf den Tisch stellte, bemerkte Spinelli: »Rousseau hat Fleischverzehr als entartet betrachtet, aber was kann es Besseres auf der Welt geben als Huhn mit Krebsen?«

»In Byrons Augen waren starke Esser leidenschaftlich und dumm«, entgegnete Griša. »Einmal hat er irgendjemanden gefragt: ›Fürchten Sie nicht, einen Mord zu begehen, wenn Sie Beefstaks essen?‹«

»Und wusstet ihr, dass der Vater von Claude Lorrain Koch war?«, fragte Mrs Moore dazwischen.

»Und Canova Küchenjunge!«, rief Spinelli. »Seine erste Arbeit als Bildhauer soll ein in Butter gearbeiteter Löwe gewesen sein.«

Das Huhn aus Bresse war der Vorbote von Spinellis Rolle als Leonoras Verehrer, in die er sich nach dreißig Jahren erneut begab. An diesem Abend legte er alles darauf an, seine alte Liebe zu beeindrucken. Ein Witzblitz nach dem anderen schoss über den Tisch, ein komischer Einfall folgte dem nächsten. Er versetzte sogar Griša in Gelächter, der sich Mühe gab, auf den so viel älteren, aber brillanten Spinelli nicht eifersüchtig zu sein.

Auch Mrs Moore war in Hochform. Sie erzählte von ihrer Kindheit, von den schottischen Sommern im Schloss einer Tante, davon, wie ihr als Achtjährige Pfeil und Bogen dazu gedient hatten, sich einen Weg aus der Wirklichkeit in ein phantasiertes Leben zu bahnen, wo die Wälder nicht von Tannen, sondern von Indianern bevölkert waren.

»Bis ich dreizehn wurde, lebte ich als wilder Junge. Damals begeisterte mich alles«, erzählte sie, »das Meer, die Fische, Wildwestfilme, Stöcke, Steine und Sterne. Ich war von morgens bis abends von hitzigen Helden umringt, stürzte im Esszimmer in drohende Schwerter, bändigte Rosse und spannte Bogen. Meine Pfeile schossen durch die offenen Türen, ehe ich mich auf ein eingebildetes Pferd schwang und im Schlossgarten durch eine Schar von Feinden vor den erbosten Ausrufen meiner Tante floh. Mit acht kannte ich keine schönere Vorstellung als die von einem Dreimaster, der aus dem Hafen von Marseille über das Meer nach Asien segelt!«

»Und wie hast du Spinelli kennengelernt?«, wollte Martha wissen.

»Als ich Salvatore kennenlernte, studierte ich Kunstgeschichte in London. Ich war in dem Alter, in dem sich ein Mädchen am Seil ihrer Schönheit hoch hinaus ins Leben schwingt, trug Hüte mit und ohne Blumen, las Baudelaire und lebte schon lange in der unbestimmten Erwartung, dass etwas Ungewöhnliches in mein Leben einbrechen würde. Ich erinnere mich noch daran, wie ich mir für genau dieses Ungewöhnliche einen Hut kaufte, der wie gemacht dafür war, der Wirklichkeit davonzulaufen. Unter diesem Hut trug ich meinen Kopf etwas zu hoch, doch dazu sind Hüte vielleicht da, dass man sich unter ihnen etwas größer fühlt, als man in Wirklichkeit ist. Zu der Zeit hatte ich einen Verehrer, der Monk hieß und Kunstkritiker war. Wir lernten uns in London auf einer Vernissage kennen. Er machte den verlockenden Vorschlag, mit mir in Venedig die Kunstbiennale zu besuchen. Ich begleitete ihn. Das war im Juni neunzehnhundertsiebenundachtzig. Als ich in Heathrow ankam, erkannte ich ihn sofort unter der Menge, er sah schon von weitem nach Kunstkritiker aus. Sein lächerlicher Strohhut ragte wie ein Champignon von seinem Kopf, und insgeheim verzieh ich ihm diese Kopfbedeckung nicht. Monk hatte vor, mich zu bilden und zu bessern. Und da ich bereit war, zwar nicht besser, doch gebildeter aus dieser Affäre hervorzugehen, ließ ich mir diese Gelegenheit nicht entgehen. Einiges habe ich auch von ihm gelernt. Er führte mich in Galerien und Ausstellungen. Abends waren wir immer in irgendeinem Palast zum Essen eingeladen, und einmal gingen wir in *Harry's Bar*, wo ich einen *Bellini* bestellte, der mir als die beste Erfindung der Menschheit erschien. Ich weiß noch, dass es sehr warm, fast schwül in der Bar war. Alles roch nach Geld und Gier nach Leben. Monk bemühte sich, die Aufmerksamkeit des Barbesitzers auf sich zu ziehen, den er den Napoleon Venedigs nannte, aber ich hatte einen anderen Mann bemerkt, der einige Tische entfernt neben einer Dame in einem roten Umhang saß. Er sah Liszt ähnlich, und als er mir zulächelte, geriet ich plötzlich in die Atmosphäre eines Roulettetischs, an dem man sein Glück finden oder verlieren kann. Ich verliebte mich in ihn, noch bevor wir uns kennenlernten, und flüsterte Monk zu, dass er das Paar ansprechen sollte, weil er gut Italienisch sprach, aber der junge Mann war schneller: Spinelli hatte uns schon zwei Martinis an den Tisch bringen lassen und so kamen wir mit den beiden ins Gespräch. Salvatore war von einer Leichtigkeit und einem Witz, dass Monk, der noch am Morgen mit dem Ausdruck des Kunstkenners neben mir hergegangen war, immer stiller wurde …«

»Ich sehe ihn noch vor mir«, unterbrach sie Spinelli. »Er saß mit dem Ausdruck eines Fisches da, still und wahnsinnig misstrauisch!«

»Dein Witz verkleinerte den Mann zum Schatten seiner selbst, erinnerst du dich? Verglichen mit dir kam er mir wie ein Dilettant des Lebens vor«, ergänzte Mrs Moore.

»Aber seine rote Krawatte war sehr schön! Sie strahlte mehr Freude am Leben aus als er!«

»Er hatte auch gut geschnittene Hosen! Und seine Hemden machten mir mehr Freude als ihr Träger, der sich danach zu sehnen schien, in einen Film von Resnais einzutreten und nie mehr daraus hervorzukommen! Es ist schon seltsam, dass man an einem Menschen alles mögen kann, seine Schuhe, seine Hemden und Zigaretten, für ihn selber aber keine wärmeren Gefühle aufbringt. Ich sah es an mir: Ich war ihm gegenüber vollkommen gleichgültig.«

»Ein Geck! Während du ein Wunder an Schönheit warst und so viel zu verlernen hattest wie zu lernen! Am nächsten Tag habe ich dir den Palazzo Contarini del Bovolo gezeigt, weißt du noch?«

»Und die Scuola di San Rocco und die Kirche von Santa Maria dei Miracoli und das Denkmal des Condottiere Colleoni!«

»Du hast mich über alles ausgefragt!«

»An Monks Seite war mir ja auch fast alles von Venedig entgangen! Und dann sind wir ins Café *Florian* gegangen, wo wir uns unter einen auf Glas gemalten Chinesen auf eine Bank gesetzt und einen Prosecco nach dem anderen getrunken haben, während draußen der lange, graue Bart eines Musikanten in seinen Geigenkasten geriet!«, rief sie lachend.

»Und Monk?«, fragte Griša, in dessen Blick an diesem Abend manchmal ein seltsamer Ausdruck lag, auch wenn sein schönes Gesicht bei Tabarin gelernt hatte, undurchdringlich zu wirken.

»Nach der Begegnung mit Spinelli musste ich mir eingestehen, dass meine Gefühle für diesen Mann mehr als dünn waren. Mir kam die Zeit mit ihm vergeudet vor, und der Biennale und den Partys konnte ich keinen Saft mehr abgewinnen. Wenn er jetzt vor einem Baselitz stehen blieb, stieg der Verdacht in mir auf, dass es in seinem Kopf ziemlich hohl zuging. Natürlich flog ich mit ihm zurück nach London, doch nach der Begegnung mit Spinelli hatte etwas in mir eine andere Richtung als meine Füße eingeschlagen.«

»Was soll das heißen?«, fragte Griša.

»Die wenigen Stunden mit Spinelli hatten mich dazu angeregt, das Studium der Kunstgeschichte aufzugeben und das Malen von Grund auf zu lernen, als Handwerk, so wie es Martha jetzt versucht.«

»Für dich wäre eine Ehe wahrscheinlich der direkte Weg ins Grab gewesen! Du musstest deinen Weg unabhängig von den Männern gehen. Du hast keinen Mann gebraucht, weil du ehrgeizig für zwei warst.«

»Und wie ist die Geschichte mit Spinelli weitergegangen?«, fragte Martha.

»Nach Venedig haben wir uns nie wiedergesehen. Manchmal schrieben wir uns, bis Spinelli nichts mehr von sich hören ließ.«

Während Martha den Geschichten der Malerin zuhörte, dachte sie, dass Mrs Moore von Kopf bis Fuß zu den Künstlern gehörte, die Platon so fürchtete. Sie spürte auch, dass Spinelli bei dieser Frau bleiben würde, die vermögend genug war, um ihn zu ernähren, und geistreich genug, um ihn nicht zu langweilen.

Auch Griša, dachte sie, war aus diesem gefährlichen Stoff wie Spinelli und Mrs Moore gemacht.

Als die *cassata* auf dem Tisch erschien und die Kerzen schon fast heruntergebrannt waren, zog Leonora Tabak und Zigarettenpapier aus ihrer Tasche hervor und bemerkte: »Früher habe ich geglaubt, Zigarren seien das Nonplusultra, aber seit zwei Jahren habe ich auf selbstgedrehte Zigaretten umgestellt.«

Auch Spinelli zündete sich eine Zigarette an und bemerkte: »Wenn Tabarin erfährt, dass Griša hier war, wird es ungemütlich.«

»Und Tabarin wird es erfahren, weil seine Angestellten alles mitbekommen«, erwiderte Mrs Moore. »Dieser Mann macht Angst. Es ist wirklich erstaunlich: Ich habe nicht *einen* Reichen in meinem Leben kennengelernt, bei dem es mir geheuer gewesen wäre. Mein Enkel zum Beispiel: steinreich! Er war als Headhunter tätig, besaß eine Pferdezucht und einen Rolls Royce. Immer, wenn er mich in sein Schloss in Schottland einlud, war mir das etwas unheimlich, und dann ist er vor zwei Jahren mit einem Stein um den Hals im Genfer See aufgefunden worden. Wirklich, sehr unangenehm! So, wie es mir *immer* unangenehm war, wenn ich einen Freund von mir, der Kunsthändler war, in Saint Tropez besuchte. Ich kann gar nicht sagen, wie furchtbar das war! Das viele Geld hatte den armen Mann, der eigentlich etwas von seinem Metier verstand, vollkommen verblödet. Auch er ist auf mysteriöse Weise ums Leben gekommen. Und ein anderer Freund von mir ist völlig verarmt im Pächterhaus seines einstigen Schlosses gestorben. In den letzten Jahren seines Lebens war aus dem großen, fetten Mann ein hohläugiger Schatten geworden.«

Als die Malerin und Spinelli sich zurückgezogen hatten, folgte Griša Martha in die Bibliothek. Mit jedem Schritt, die sie die Treppe hinaufstieg, klopfte ihr Herz höher. Als sie die Tür aufdrückte, stieß er beim Anblick des kleinen Tisches, auf den sie schon am Nachmittag die Whiskyflasche und den Blumenstrauß gestellt hatte, einen kurzen Pfiff aus.

Martha zündete eine Kerze an. Der Raum schien in ihrem Schein zu schaukeln, als schwankte leicht das Meer unter seinen Holzleisten.

Sie sprachen wenig und rückten immer näher zusammen. In den wenigen Stunden, die ihnen zur Verfügung standen, mussten sie die sich zwischen ihnen aufgeschichteten Distanzen zum Schmelzen bringen, wenn sie wieder in die alte erotische Vertrautheit geraten wollten, die sie im *Dioniso* erlebt hatten. Doch wenn Martha an jenem Sonntag auf dem Grund seiner Augen auf Leidenschaft gestoßen war, so stieß sie jetzt auf eine in seiner Iris verdichtete Härte, als hätte sich dort so etwas wie Hass angestaut.

— Zikaden

Zwei Tage später lag über der Landschaft wieder jene Hitze, die in der Antike die Schäfer in die Schatten von Feigenbäumen und Grotten trieb, jenes blendende Licht, in dem jederzeit ein moderner Satyr hinter einer Zypresse hervortreten konnte. Das Meer war dunkelblaues Glas. Von allen Seiten hallte das Schlagen der Zikaden wider, keinen Augenblick setzten sie aus, wie von den Hundstagen besessene Geschöpfe, die der Landschaft eine pochende Melodie aufdrückten. Es hörte sich an, als wenn sie die Stunden des Sommers aus ihren winzigen Körpern heraustrommelten. Diesem Laut gegenüber gleichgültig zu bleiben war unmöglich. Er legte etwas Erregendes über das Land, in die verdunkelten Häuser und in die Körper der Menschen. Wie ein Hammer auf eine Kupferplatte, schlugen die Zikaden mit ihren Hinterbeinen den Takt der Zeit. Aus jedem Hieb tönte es: Lebe! Lebe! Lebe!

In der roten Villa herrschte vollkommene Stille, als Martha das Tor hinter sich schloss und über den ehemaligen Eselspfad, der an Tabarins Haus vorbeiführte, zu einer steinigen Bucht lief. Zwischen den trockenen, am Pfad entlangwachsenden Gräsern knisterte es vom Zirpen einzelner Grillen. Zwei gelbe Falter schwebten ihr entgegen, und als sie über einen quer auf dem Pfad liegenden Baumstamm sprang, erblickte sie das blendend weiße Segel einer auf dem Meer dahintreibenden Yacht. Das Weiß erinnerte sie an ihre Mutter. Wie hatte sie sie so vollkommen vergessen können? Seit ihrer Ankunft in Sizilien hatte Martha nicht ein einziges Mal an sie gedacht. Jetzt sah sie Mrs Oberon vor sich:

blass und bitter. Martha fühlte sich schuldig, gestand sich jedoch ein, dass sie ihre Mutter mit aller Wahrscheinlichkeit gleich wieder vergessen würde, da in diesem Augenblick ihres Lebens die Erinnerungen an ihre Kindheit und Jugend kein Gewicht besaßen. Die weiße Welt ihrer Mutter war ihr ferner denn je.

Als sie die Bucht erreichte, hängte sie ihren Strohhut an den Zweig eines Tamarindenbaums, tauchte ins Wasser und schwamm die Küste entlang. Beim Anblick einer ihr entgegentreibendenden roten Oleanderblüte durchströmte sie eine Regung von Glück und Dankbarkeit.

An einem kleinen, zwischen Felsbrocken gelegenen Strand stieg sie aus dem Wasser. Dünne Bienen flogen sie an und hetzten sie über die heißen Steine zu einem Felsspalt, aus dessen Schatten sie Griša's Blick traf, so strahlend, als hätte er das Paradies erobert. Madame Tabarin sprang auf, bedeckte mit den Händen ihre kleinen Brüste und warf Martha das matteste Lächeln aller Zeiten zu. Auch Griša erhob sich von dem blauen, zerknitterten Leinenhandtuch.

Martha blieb reglos stehen. Brennende Hitze stieg ihr in den Kopf. Dieser Anblick war so wirklich, dass er unwirklich auf sie wirkte. Griša und sie standen einander nur wenige Meter entfernt gegenüber.

Madame Tabarin blickte von Griša zu Martha, mit einem Ausdruck, als belebten sich vor ihren Augen zwei Marmorstatuen von Apoll und Artemis. Ihre Gestalten waren sich so ähnlich, dass sie sich wie ein Zwillingspaar gegenüberstanden: von gleicher Größe, hatten sie auch das gleiche hellbraune Haar, die gleichen schmalen Hüften und die ähnlichen weiten, grünen Augen.

Wie Martha beim Abzeichnen ein Motiv fixierte, so lag jetzt ihr Blick starr auf Griša. Nie zuvor war er ihr schöner erschienen. Sein helles Gesicht war glatt wie ein Stück Seife, seine Augen blitzten vor Stolz. Sie konnte den Blick nicht von diesem Kopf lösen. Aus Gewohnheit schloss sie das linke Auge, um das seltsame Paar schärfer zu sehen, die Komposition mit der Kälte des Malers zu betrachten. Alles an diesem Bild schien dazu bestimmt, Grišas Gestalt als Schlüsselfigur zu betonen, doch ohne Madame Tabarin an seiner linken Seite wäre es nicht vollständig gewesen. Erst sie trug zur Vollendung des Ganzen bei.

Martha wusste, dass sie auf der Stelle gehen musste, wenn er sie nicht vergessen sollte.

»Bleib stehen!«, rief er. »Warte!«

Sie drehte sich nicht um, ging mit aufrechtem Rücken auf das Meer zu, tauchte ins Wasser und schwamm zu der Bucht mit dem Tamarindenbaum zurück.

Kaum in der roten Villa angelangt, stieg sie zur Bibliothek hinauf, schloss die Fensterläden und zog die Vorhänge zu. Nach den Wochen des Lichts, der blendenden Farben, der Hitze der Hundstage sehnte sie sich nach Dunkelheit und Stille. Wie als Kind im Sessel ihres Großvaters, befand sie sich mit einem Schlag wieder ausschließlich in ihrer eigenen Gesellschaft. Sie legte sich aufs Bett und schloss die Augen.

Als wenn sie den Gesteinsaufbau eines Berges nachzeichnete, begann sie, Details von Grišas Physiognomie nachzuzeichnen, den Bau seiner Nase, den Schwung seiner Lippen. Nie zuvor war ihr die Bedeutung des Abzeichnens klarer gewesen: Man musste das

Sehen gelernt haben, um sich genau zu erinnern. Wie das Hinschauen war auch das Erinnern eine künstlerische, von der Einbildung getragene Tätigkeit.

Wie durch die Linse eines Mikroskops betrachtete sie jede Einzelheit an ihm, die sie unter dem Druck seiner Umarmungen nur flüchtig wahrgenommen hatte, lernte Grišas Gesicht, das sie vielleicht nie wiedersehen würde, auswendig.

Nach und nach tauchte sie hinter den geschlossenen Augenlidern in einen Abgrund, aus dem ihr immer wieder, wie in glühendem Wind flatternde Stofffetzen, Bilder von den gemeinsam verbrachten Stunden entgegentrieben. Außer dem Ring, den er ihr geschenkt hatte, waren sie das Einzige, was sie noch von ihm besaß. »Nicht mehr aufwachen«, dachte sie bei der Empfindung, in sich selbst zu versinken, wo sie zwischen Erinnerungen umherschwamm wie ein Fisch zwischen den Amphoren eines gesunkenen Handelsschiffs. Im Schlaf *nicht* mehr sein, um im Traum *mehr* zu sein, schien ihr der einzige Weg aus dem schmerzhaften Zustand, in dem sie nichts mehr gewollt hätte, als ihre Haut abzustreifen und eine andere zu werden, so wie Mrs Moore, wenn sie sich ein neues Kleid kaufte. Sie schlief ein, wachte auf, schlief wieder ein.

In manchen Augenblicken des Wachzustands versuchte sie auch, sich einzureden, dass Griša ein charakterloser Mensch, ein simpler Verführer und Betrüger war, dass sie sich doch in ihm getäuscht hatte. Aber umsonst.

Am nächsten Morgen klopfte es an ihre Tür. Eine Sekunde lang hoffte sie, Griša eintreten zu sehen. Stattdessen stand Spinelli im Türrahmen. Als sie ihn dort sah, musste sie an Grišas Worte denken: »Spinelli ist der einzige, der ein Herz hat.«

Der vertraute Geruch von Kaffee, Vanillemark und Nikotin drang mit ihm in das verdunkelte Zimmer. Er zog den Vorhang zur Seite und öffnete die Fensterläden. Wie ein Schwarm grüner Papageien drang das von den hohen Bäumen gefilterte Sonnenlicht in den Raum, der mit einem Mal vom Schlag der Zikaden widerhallte. Martha starrte ins Grün, getroffen von der fast gewalttätigen Schönheit des Ausblicks in den Garten.

»Aristoteles behauptet, dass Bäume träumende Menschen seien«, sagte Spinelli, als er sich ans Fußende ihres Bettes setzte und sie wie jemand ansah, der von einer langen, anstrengenden Reise zurückgekehrt ist.

»Jetzt musst du mir alles erzählen!«

—— Starlink

Als die Sonne im Westen versank und der Vollmond im Südosten aufstieg, trat Martha hinter Mrs Moore und Spinelli durch das vertraute Tor in den Garten der Tabarins. Immer noch kochte die Hitze über der Erde wie über einem Kohlebecken und das Meer lag vollkommen reglos da.

Noch auf der Türschwelle zu dem Haus überkam Martha das bekannte Gefühl, in die Atmosphäre einer übernatürlichen Ordnung einzutauchen, als erwarteten seine Besitzer jeden Moment einen hohen Gast, Madame Tabarin vielleicht auch einen Gott.

»Wie schön der Boden glänzt«, dachte Martha, als sie an ihrem Spiegelbild vorbeikam. In dem roten Kleid von Mrs Moore fühlte sie sich wie eine Geranienblüte. Mit einem Gefühl der Würde trat sie darin gegen die weiße Welt ihrer Mutter und die unheimliche Ordnung in diesem Haus auf. »Sei stolz!«, gaben ihr die roten Stoffbahnen ein.

Als Madame Tabarin ihren Gästen im glühenden Licht des Sonnenuntergangs entgegenkam, leuchteten das Goldgelb ihrer indischen Seidenbluse und die lange, goldene Kette ebenso wie ihre Augen, in denen Martha den Ausdruck eines Glücks erhaschte, den sie nie zuvor darin gesehen hatte. Madame Tabarin war eine andere geworden. Sie war schön geworden!

Die Gastgeberin rief nach Anand, der ein Tablett mit Gläsern auf dem Tisch abstellte. Sie bereitete mehrere Gin Tonics und reichte sie ihren Gästen, die vor dem Abendhimmel wie vor einer Kinoleinwand Platz nahmen. Bald mischte sich auch Tabarins weißes Leinenjackett unter sie, eine ansteckend mondäne Stimmung um sich verbreitend.

Das eiskalte Glas in der Hand, lächelte Martha der untergehenden Sonne, dem immer höher steigenden Mond und ihren Gastgebern zu, in dem Bewusstsein, dass sie nie wieder auf dieser Terrasse sitzen würde.

»Danke! Wie kann ich ein weiteres Glas abschlagen?«, rief Spinelli, einen zweiten Gin Tonic entgegennehmend und offenbar eine Stimmung durchlebend, in der man etwas über sich selber schwebt.

»Was für ein schöner Abend! So viel Schönheit ist kaum noch zu ertragen! Im letzten Jahr um diese Zeit befand ich mich in jedem Sinn in einem Loch und jetzt, jetzt sitze ich auf dieser herrlichen Terrasse, neben, neben …«, rief Spinelli gerührt, ohne seinen Satz zu beenden.

»Ja, paradiesisch!«, kommentierte Mrs Moore mit einem Ausdruck vollkommener Gleichgültigkeit.

Und dann erschall der Ruf: »Madame, dinner is ready!«

Monsieur Tabarin erhob sich, um einen Blick über den gedeckten Tisch zu werfen und zu prüfen, ob alles an seinem Platz stand.

Kalt glänzend wie eine Ein-Euro-Münze strahlte der Mond durch die Rundbogen. Martha prägte sich den Anblick des vollkommen gedeckten Tisches ein, der auf dem Terrassenboden wie im Schaufenster eines Einrichtungsgeschäfts stand. Wieder strahlte eine weiße Leinentischdecke in der von Kerzenflammen und Mondschein beleuchteten Dunkelheit.

Der Gastgeber bat Mrs Moore an seine linke, Martha an seine rechte Seite. Spinelli wies er den Platz gegenüber von Madame Tabarin.

Anand schenkte den Gästen aus einer Glaskaraffe Weißwein ein, in dem ein Rosmarinzweig schwamm.

Von ihrem Platz aus hatte Martha den Blick ins Wohnzimmer, wo ein Buddha aus Sandelholz in einer Nische saß. In dem breiten, geheimnisvoll lächelnden Gesicht leuchteten saphirgrün seine leicht schielenden Augen.

»Schaut mal!«, rief Spinelli plötzlich aus.

Alle hoben den Kopf. In dem Stück Himmel, den sie im Rundbogen vor sich sahen, zog eine Reihe von Sternen vorbei.

»Das sind Starlink-Satelliten«, bemerkte Madame Tabarin.

»Einen Augenblick lang habe ich geglaubt, die Sterne der Milchstraße hätten sich in Bewegung gesetzt!«, dachte Spinelli laut.

»Unglaublich!«, flüsterte Tabarin.

»Es ist, als ob die funkelnde Quintessenz aller menschlichen Illusionen am Himmel dahintreibt«, gab Mrs Moore zurück.

»Ja, jetzt staunen wir ins All, aber schon bald ist das alles Weltraumschrott«, bestätigte Spinelli.

Martha hatte plötzlich die Empfindung, dass sich der Raum unter ihren Füßen und der Raum über ihrem Kopf endlos auftaten, dass der kleine Eisenstuhl, auf dem sie in ihrem roten Kleid saß, zwischen unendlichen Stromschnellen schwebte. Sie warf einen Blick auf ihre Gastgeberin. Natürlich hatte Madame Tabarin sich in Griša verliebt! Griša bildete etwas Festes, etwas Schönes auf dieser Welt, die sich unter den Füßen ihrer Gastgeberin genauso abgründig auftat wie unter ihren eigenen. Es genügte doch ein Blick über das unter der Terrasse liegende, schwarze, von Phosphorfunken blitzende Meer und in den sternfunkelnden Himmel, um von dem panischen Gefühl ergriffen zu werden, nicht mehr in Zahlen auszudrückende Tiefen über und unter sich zu haben, grenzenlose Einsamkeiten. Wie konnte sie dieser Frau, die nicht die Kraft besessen hatte, eine ernsthafte Künstlerin aus sich zu machen, die Muscheln sammelte und bis gestern ihre Liebe einem Kater geschenkt hatte, der sich weder mit ihr unterhalten noch sie küssen konnte, übelnehmen, in Grišas Armen etwas Halt zu suchen?

Als Kiran die Nachspeiseteller abräumte und Griša auf der Terrasse erschien, um Tabarin den Zigarrenkasten zu bringen, bemerkte Spinelli mit einem Blick auf den Bodhisattva: »Du lächelst – und die Welt verändert sich.«

Wie schon oft zuvor, dachte Martha, dass Spinelli seinen Vornamen zu Recht trug. Dieser Ausspruch von Buddha wirkte erlösend auf sie. Sie lächelte Griša an. Sie wusste, dass sie an der Seite dieses Mannes vielen Schwierigkeiten begegnen würde. Die erste saß ihr schräg gegenüber: Madame Tabarin. Doch so wie sie diese Hürde überwinden würde, würde sie auch alle folgenden überwinden. Es galt, ihnen nicht auszuweichen. Und plötzlich kam ihr die bunt bemalte Kutsche aus Pappmaché in den Sinn, die ihr Großvater ihr einmal von einer Reise nach Sizilien mitgebracht hatte, jener von einem Paar in sizilianischer Tracht gelenkte Einspänner. War sie dieser Kutsche nicht wieder einmal gefolgt und hatte den abenteuerlichen Weg des Traumes eingeschlagen? Forderte sie bei der Arbeit an einer Zeichnung volle Aufmerksamkeit von sich, so durfte sie auch jetzt nicht unaufmerksam sein, um vollen Gewinn aus ihrem Handeln zu ziehen. Vielleicht ging es ja auch hier nur um die richtig getönte Schattierung!

Ihr Körper spannte sich wie der einer Katze, die sich für den angreifenden Sprung auf eine Maus rüstet. Martha blickte ihre Gastgeberin an und sagte mit ruhiger, fester Stimme: »Ich möchte Ihnen gerne etwas geben, das nur Ihnen gehören kann. Vielleicht wird es Sie hin und wieder an diesen Sommer und an Balthasar erinnern«, zog den Ring mit den neun Edelsteinen aus ihrer Handtasche und reichte ihn über den Tisch hinweg Madame Tabarin.

Einige Augenblicke lang war es so still auf der Terrasse, dass man den Atem des schlafenden Katers hörte. Spinelli schaute sie an, als hätte er sie nie zuvor gesehen. Mrs Moore beobachtete eine Fliege, die sich auf einer Weintraube niedergelassen hatte. Griša stand wie erstarrt neben Tabarin, sich fast übermenschliche Mühe gebend, den Zigarrenkasten weiter ruhig in seinen Händen zu halten.

»Und stehlen kannst du auch?«, fragte Tabarin Griša.

Als er nach irgendeiner Zigarre griff und ein Streichholz anriss, bemerkte Martha, dass Tabarins Hände zitterten. Es bestand Gefahr, dass er vergaß, ein Mann von Welt zu sein.

»Zumindest siehst du auch heute Abend *sehr* hübsch aus! Ihnen hingegen scheint entfallen zu sein, was Diskretion bedeutet«, wandte er sich an Martha. »Wissen Sie noch immer nicht, an wessen Tisch Sie sitzen?«

»Doch! Am Tisch eines betrogenen Ehemanns«, entgegnete sie.

Tabarin sog an der Zigarre. Mit der dicken Tabakrolle zwischen den trockenen Lippen und der schwarzen Brille auf der Nase sah der Besitzer der *Devil's Kiss*, der weder Tod noch Teufel zu fürchten schien, grotesk aus. Der kalte, formvollendete Mann war zur Karikatur eines Snobs geworden.

»Sie haben ja Schluckauf«, sagte Martha.

»Weil ich Unverschämtheiten aus dem Mund eines Nichts wie Ihnen nicht verdauen kann.«

Martha war immer noch von derselben Ruhe erfüllt wie in dem Augenblick, als sie Madame Tabarin den Ring gegeben hatte. Sie blickte ihrem Gastgeber ins Gesicht und brachte mit ihrem schönsten Lächeln vor: »Ihr Lebenslauf ist in der anderen Welt doch schon längst geschrieben: ›Er hieß Tabarin, verprasste das Erbe seines Vaters, lebte mit einer Frau, die er nicht liebte, machte ein Vermögen mit schmutzigen Geschäften und bildete sich ein, dass es kein Schicksal, keine Schuld und keinen Gott gäbe. Von dieser Blindheit geschlagen, stellte er sich über alle anderen Menschen.‹«

»Reden Sie keinen Unsinn! Was fällt Ihnen ein, sich in meinem Haus als Predigerin aufzuspielen? Was wollen *Sie* mir von Schuld erzählen? Ich bin viel komplizierter als Sie!«

»Und doch haben Sie Angst!«

»Wovor sollte *ich* Angst haben?«

»Davor, nicht ins Paradies zu kommen.«

Tabarin blickte Martha mit stechenden Augen an.

»Wenn ich richtig verstehe, raten Sie mir, meinen Beruf an den Nagel zu hängen und meine Seele zu retten?«

»Ja«, erwiderte Martha und sah zu Griša hinüber.

In dem Moment, da Martha den Blick von ihm wandte, gelang es Tabarin, seinen gewohnten Ton beinahe wiederzufinden:

»Wissen Sie, ich lade nicht so einfach jeden in dieses Haus ein«, sagte er ironisch. »Vor allem *Künstler* scheinen nicht das Richtige für mich zu sein, und wenn sie dazu noch dumme Frauen sind, erst recht nicht. Ich würde meine Pflicht als Gastgeber vernachlässigen, wenn ich Sie jetzt nicht bitten würde, mein Haus sofort zu verlassen.«

Monsieur Tabarin erhob sich, ging auf den Stuhl zu, auf dem eingerollt der Kater Kimono lag, packte das Tier mit beiden Händen und schleuderte es über die Brüstung ins Meer.

Mit einem Schrei sprang Madame Tabarin auf.

»Der wenigstens geht jetzt direkt ins Paradies«, erklärte Tabarin, nahm seine Brille von der Nase und putzte sie mit einem hellrosa Taschentuch.

Martha stand auf, hob den Saum ihres Kleids an und überquerte, von Spinelli und Mrs Moore gefolgt, die Terrasse, stieg die Treppenstufen in den Garten hinab und ging über den Kies auf das Eingangstor zu. Sie wusste, dass sie sich nicht umdrehen durfte, wenn Griša ihr folgen sollte.

Anna Katharina Fröhlich, 1971 geboren, wuchs in Frankfurt a. M. und München auf.
Sie veröffentlichte bisher vier Romane: *Wilde Orangen*, *Kream Korner*, *Der schöne Gast* und zuletzt 2018 *Rückkehr nach Samthar*.
Sie lebt als Schriftstellerin und Vorstandsmitglied des italienischen Verlags Adelphi zwischen Mornaga am Gardasee und Mailand.

Die Yacht erscheint als Buch der Friedenauer Presse.
Gegründet wurde die Friedenauer Presse 1963 in der Wolff's Bücherei im Berliner Stadtteil Friedenau, dem sie ihren Namen verdankt. Der Verleger Andreas Wolff, Enkel des Petersburger Verlegers M. O. Wolff, veröffentlichte bis 1971 in loser Folge 36 Drucke. Von 1983 bis 2017 wurde der Verlag von Katharina Wagenbach-Wolff geführt, seit 2020 ist die Friedenauer Presse ein Imprint des Verlags Matthes & Seitz Berlin.

FRIEDENAUER PRESSE
Winterbuch

Dritte Auflage Berlin 2024

Lektorat von Christian Döring.

Umschlaggestaltung von ciconia ciconia, Berlin.
Gesetzt von ciconia ciconia, Berlin.
Verwendet wurde die Schrift Vollkorn.
Die Herstellung besorgte Hermann Zanier, Berlin.
Gedruckt und gebunden von Pustet, Regensburg.

ISBN 978-3-7518-8012-1

www.friedenauer-presse.de